Der Bau
The Burrow

Franz Kafka
Translated by
Dennis F. Mahoney and Maria A. Mahoney

Fomite
Burlington, VT

Translation Copyright © 2022
Dennis F. Mahoney and Maria A. Mahoney

The text of "Der Bau" is based on its publication in 1931 which is
in the public domain and is available at WIKISOURCE [https://
de.wikisource.org/wiki/Der_Bau_(Kafka)]. It is in the public domain
in the United States because it meets three requirements: it was first
published outside the United States (and not published in the U.S.
within 30 days), it was first published before 1 March 1989 without
copyright notice or before 1964 without copyright renewal or before
the source country established copyright relations with the United States, it was in the public domain in its home country on the
URAA date (January 1, 1996 for most countries).

Cover credits
Photograph of Franz Kafka most likely taken in 1923 by an
unknown author; this image is in the public domain and available
at WIKIMEDIA COMMONS [https://commons.wikimedia.org/
wiki/File.Kafka.jpg]
Photograph of a cave entrance in Vermont taken by Maria Mahoney
Cover design by Donna Bister and Marc Estrin

All rights reserved. No part of this book may be reproduced in any
form or by any means without the prior written consent, except in
the case of brief quotations used in reviews and certain other non-
commercial uses permitted by copyright law.

ISBN-13: 978-1-953236-82-1
Library of Congress Control Number: requested
Fomite
58 Peru Street
Burlington, VT 05401
12-03-2022

*To Günter, an avid reader and loyal supporter of our projects,
and in memory of Rodney, a lover of books and animals*

"The mind is its own place and in itself
Can make a heaven of hell, a hell of heaven."
John Milton: Paradise Lost.

Der Bau
The Burrow

Der Bau

Ich habe den Bau eingerichtet und er scheint
wohlgelungen. Von außen ist eigentlich nur ein großes
Loch sichtbar, dieses führt aber in Wirklichkeit nirgends
hin, schon nach ein paar Schritten stößt man auf
natürliches festes Gestein. Ich will mich nicht dessen
rühmen, diese List mit Absicht ausgeführt zu haben,
es war vielmehr der Rest eines der vielen vergeblichen
Bauversuche, aber schließlich schien es mir vorteilhaft,
dieses eine Loch unverschüttet zu lassen. Freilich
manche List ist so fein, daß sie sich selbst umbringt,
das weiß ich besser als irgendwer sonst und es ist
gewiß auch kühn, durch dieses Loch überhaupt auf die
Möglichkeit aufmerksam zu machen, daß hier etwas
Nachforschungswertes vorhanden ist. Doch verkennt
mich, wer glaubt, daß ich feige bin und etwa nur aus

The Burrow

I have established the burrow and it appears well
done. From outside only a large hole is actually
visible, but in reality this leads nowhere; after a few
steps one already encounters solid natural rock. I
don't want to praise myself for having carried out
this ruse on purpose – it was rather the remnants
of one of the many futile building attempts – but
ultimately it seemed advantageous to leave this one
hole uncovered. To be sure, many a ruse is so refined
that it does itself in, I know that better than anyone
else, and it is certainly also bold, through this hole to
actually draw attention to the possibility that there
is something here worth investigating. However, one
misjudges me, if one believes that I am cowardly
and supposedly build my burrow only because of

Feigkeit [sic] meinen Bau anlege. Wohl tausend Schritte von diesem Loch entfernt liegt, von einer abhebbaren Moosschicht verdeckt, der eigentliche Zugang zum Bau, er ist so gesichert, wie eben überhaupt auf der Welt etwas gesichert werden kann, gewiß, es kann jemand auf das Moos treten oder hineinstoßen, dann liegt mein Bau frei da und wer Lust hat – allerdings sind wohlgemerkt auch gewisse nicht allzuhäufige Fähigkeiten dazu nötig – kann eindringen und für immer alles zerstören. Das weiß ich wohl und mein Leben hat selbst jetzt auf seinem Höhepunkt kaum eine völlig ruhige Stunde, dort an jener Stelle im dunkeln Moos bin ich sterblich und in meinen Träumen schnuppert dort oft eine lüsterne Schnauze unaufhörlich herum. Ich hätte, wird man meinen, auch wirklich dieses Eingangsloch zuschütten können, oben in dünner Schicht und mit fester, weiter unten mit lockerer Erde, so daß es mir immer nur wenig Mühe gegeben hätte, mir immer wieder von neuem den Ausweg zu erarbeiten. Es ist aber doch nicht möglich, gerade die Vorsicht verlangt, daß ich eine sofortige Auslaufmöglichkeit habe, gerade die Vorsicht verlangt, wie leider so oft, das Risiko des Lebens. Das alles sind recht mühselige Rechnungen und die Freude des scharfsinnigen Kopfes an sich selbst

cowardice. A good thousand steps away from this hole lies the actual entrance to the burrow, covered by a removable layer of moss; it is as secured as anything at all in the world can possibly be secured; certainly, someone can step on the moss or plunge in; then my burrow lies bare and whoever has the desire – though, to be sure, certain not all too common abilities are also necessary for that – can intrude and destroy everything forever. That I know well, and my life has even now at its peak scarcely one completely tranquil hour, there at that spot in the dark moss I am mortal and often in my dreams a greedy snout sniffs around there incessantly. I could, one might suppose, have actually filled up this entrance hole as well, on top with a thin, firm layer and further down with loose soil, so that it would have cost me only little effort to recreate the exit again and again. But it is nonetheless not possible, precaution indeed demands that I have an immediate possibility of departure, precaution indeed demands, as unfortunately so often, risking one's life. These are all rather laborious calculations, and the astute brain delighting in itself is sometimes the only reason that one continues calculating. I must have the immediate possibility of departure, for

ist manchmal die alleinige Ursache dessen, daß man weiterrechnet. Ich muß die sofortige Auslaufmöglichkeit haben, kann ich denn trotz aller Wachsamkeit nicht von ganz unerwarteter Seite angegriffen werden? Ich lebe im Innersten meines Hauses in Frieden und inzwischen bohrt sich langsam und still der Gegner von irgendwoher an mich heran. Ich will nicht sagen, daß er besseren Spürsinn hat als ich; vielleicht weiß er ebensowenig von mir wie ich von ihm. Aber es gibt leidenschaftliche Räuber, die blindlings die Erde durchwühlen und bei der ungeheuren Ausdehnung meines Baues haben selbst sie Hoffnung, irgendwo auf einen meiner Wege zu stoßen. Freilich, ich habe den Vorteil, in meinem Haus zu sein, alle Wege und Richtungen genau zu kennen. Der Räuber kann sehr leicht mein Opfer werden und ein süß schmeckendes. Aber ich werde alt, es gibt viele, die kräftiger sind als ich und meiner Gegner gibt es unzählige, es könnte geschehen, daß ich vor einem Feind fliehe und dem andern in die Fänge laufe. Ach, was könnte nicht alles geschehen! Jedenfalls aber muß ich die Zuversicht haben, daß irgendwo vielleicht ein leicht erreichbarer, völlig offener Ausgang ist, wo ich, um hinauszukommen, gar nicht mehr zu arbeiten habe, so daß ich nicht etwa, während ich dort verzweifelt

despite all watchfulness can't I be attacked from a completely unexpected side? I live in the innermost part of my house in peace, and in the meantime from somewhere the adversary is boring slowly and quietly towards me. I don't want to say that he has better intuition than I; perhaps he knows as little of me as I of him. But there are passionate robbers that blindly root about the earth and given the enormous expanse of my burrow even they have hope of somewhere encountering one of my paths. To be sure, I have the advantage of being in my house, knowing precisely all paths and directions. The robber can very easily become my victim and a sweetly tasting one. But I am getting old, there are many who are stronger than I and there are countless adversaries of mine; it could happen that I flee from one enemy and run into the clutches of the other. Alas, all that could conceivably happen! But at any rate I must have the confidence that somewhere there is perhaps an easily accessible, completely open exit where I don't need to work at all any more in order to get out, so that I don't by chance, while I am desperately digging there, even if it is loosely piled, suddenly – may heaven

grabe, sei es auch in leichter Aufschüttung, plötzlich – bewahre mich der Himmel! – die Zähne des Verfolgers in meinen Schenkeln spüre. Und es sind nicht nur die äußeren Feinde, die mich bedrohen. Es gibt auch solche im Innern der Erde. Ich habe sie noch nie gesehen, aber die Sagen erzählen von ihnen und ich glaube fest an sie. Es sind Wesen der inneren Erde; nicht einmal die Sage kann sie beschreiben. Selbst wer ihr Opfer geworden ist, hat sie kaum gesehen; sie kommen, man hört das Kratzen ihrer Krallen knapp unter sich in der Erde, die ihr Element ist, und schon ist man verloren. Hier gilt auch nicht, daß man in seinem Haus ist, vielmehr ist man in ihrem Haus. Vor ihnen rettet mich auch jener Ausweg nicht, wie er mich ja wahrscheinlich überhaupt nicht rettet, sondern verdirbt, aber eine Hoffnung ist er und ich kann ohne ihn nicht leben. Außer diesem großen Weg verbinden mich mit der Außenwelt noch ganz enge, ziemlich ungefährliche Wege, die mir gut atembare Luft verschaffen. Sie sind von den Waldmäusen angelegt. Ich habe es verstanden, sie in meinen Bau richtig einzubeziehen. Sie bieten mir auch die Möglichkeit weitreichender Witterung und geben mir so Schutz. Auch kommt durch sie allerlei kleines Volk zu mir, das ich verzehre, so daß ich eine gewisse, für einen

protect me! – feel the teeth of the pursuer in my limbs. And it is not just the outside enemies that threaten me. There are also such enemies in the interior of the earth. I have not ever seen them, but the sagas tell of them and I believe in them firmly. They are creatures of the inner earth; not even the saga can describe them. Even someone who has become their victim has hardly seen them; they come, one hears the scratching of their claws just underfoot in the earth, which is their element, and one is already doomed. Here it also doesn't matter that one is in one's house, rather one is in their house. That exit will also not save me from them, as it indeed probably does not save me at all, but rather ruins me, yet it is a hope and I can't live without it. Besides this large path other very narrow, rather undangerous paths connect me with the outside world that provide me with easily breathable air. They are the work of the forest mice. I have managed to integrate them properly into my burrow. They also offer me the possibility of expanded scenting and thus give me protection. Through them also comes to me an assortment of small creatures that I consume, so that I can have

bescheidenen Lebensunterhalt ausreichende Niederjagd
haben kann, ohne überhaupt meinen Bau zu verlassen;
das ist natürlich sehr wertvoll.

Das schönste an meinem Bau ist aber seine Stille.
Freilich, sie ist trügerisch. Plötzlich einmal kann sie
unterbrochen werden und alles ist zu Ende. Vorläufig
aber ist sie noch da. Stundenlang kann ich durch meine
Gänge schleichen und höre nichts als manchmal das
Rascheln irgend eines Kleintieres, das ich dann gleich
auch zwischen meinen Zähnen zur Ruhe bringe,
oder das Rieseln der Erde, das mir die Notwendigkeit
irgendeiner Ausbesserung anzeigt; sonst ist es still. Die
Waldluft weht herein, es ist gleichzeitig warm und kühl.
Manchmal strecke ich mich aus und drehe mich in
dem Gang rundum vor Behagen. Schön ist es für das
nahende Alter, einen solchen Bau zu haben, sich unter
Dach gebracht zu haben, wenn der Herbst beginnt.
Alle hundert Meter habe ich die Gänge zu kleinen
runden Plätzen erweitert, dort kann ich mich bequem
zusammenrollen, mich an mir wärmen und ruhen. Dort
schlafe ich den süßen Schlaf des Friedens, des beruhigten
Verlangens, des erreichten Zieles des Hausbesitzes. Ich
weiß nicht, ob es eine Gewohnheit aus alten Zeiten ist

a certain small hunting preserve sufficient for a modest livelihood without leaving my burrow at all; that is naturally very valuable.

The most beautiful thing about my burrow, though, is its silence. To be sure, it is deceptive. Sometime it could be suddenly interrupted and everything is at an end. But for the moment it is still there. I can creep through my tunnels for hours at a time and hear nothing but the occasional rustling of some small animal, which I then also immediately lay to rest between my teeth, or the trickling of earth that shows me the necessity of some sort of repair; otherwise it is silent. The forest air wafts in, it is simultaneously warm and cool. Sometimes I stretch out and turn all around with pleasure in the tunnel. Lovely it is for approaching old age to have such a burrow, to have provided shelter for oneself when autumn begins. Every hundred meters I have widened the tunnels to small round courts, there I can comfortably curl up, be warmed by myself and rest. There I sleep the sweet sleep of peace, of soothed desire, of the accomplished goal of owning a house. I don't know whether it is an old-time habit or whether the dangers of even

oder ob doch die Gefahren auch dieses Hauses stark
genug sind, mich zu wecken: regelmäßig von Zeit zu Zeit
schrecke ich auf aus tiefem Schlaf und lausche, lausche
in die Stille, die hier unverändert herrscht bei Tag und
Nacht, lächle beruhigt und sinke mit gelösten Gliedern
in noch tieferen Schlaf. Arme Wanderer ohne Haus,
auf Landstraßen, in Wäldern, bestenfalls verkrochen in
einen Blätterhaufen oder in einem Rudel der Genossen,
ausgeliefert allem Verderben des Himmels und der
Erde! Ich liege hier auf einem allseits gesicherten Platz
– mehr als fünfzig solcher Art gibt es in meinem Bau –
und zwischen Hindämmern und bewußtlosem Schlaf
vergehen mir die Stunden, die ich nach meinem Belieben
dafür wähle.

Nicht ganz in der Mitte des Baues, wohlerwogen für
den Fall der äußersten Gefahr, nicht geradezu einer
Verfolgung, aber einer Belagerung, liegt der Hauptplatz.
Während alles andere vielleicht mehr eine Arbeit
angestrengtesten Verstandes als des Körpers ist, ist dieser
Burgplatz das Ergebnis allerschwerster Arbeit meines
Körpers in allen seinen Teilen. Einigemal wollte ich in
der Verzweiflung körperlicher Ermüdung von allem
ablassen, wälzte mich auf den Rücken und fluchte dem

this house as well are strong enough to awaken me: from time to time I regularly am jolted out of deep sleep and listen, listen into the silence that rules here unchanged by day and night, smile, feeling reassured, and with relaxed limbs sink into even deeper sleep. Poor wanderers without a house, on country roads, in forests, at best hidden away in a heap of leaves or in a pack of comrades, at the mercy of every destruction from heaven and earth! I lie here upon a court that is secured all around – there are more than fifty of this kind in my burrow – and between dozing and unconscious sleep the hours pass away that I choose for this at my discretion.

Not quite in the middle of the burrow, carefully considered in case of the most extreme danger, not exactly a pursuit, but a siege, lies the main square. While everything else is perhaps more a labor of the most challenged mind than of the body, this fortress square is the result of the very hardest labor of my body with all its parts. Several times in the despair of bodily exhaustion I wanted to give it all up, rolled over on my back and cursed the burrow, dragged myself outside and let the burrow lie there exposed.

Bau, schleppte mich hinaus und ließ den Bau offen daliegen. Ich konnte es ja tun, weil ich nicht mehr zu ihm zurückkehren wollte, bis ich dann nach Stunden oder Tagen reuig zurückkam, fast einen Gesang erhoben hätte über die Unverletztheit des Baues und in aufrichtiger Fröhlichkeit mit der Arbeit von neuem begann. Die Arbeit am Burgplatz erschwerte sich auch unnötig (unnötig will sagen, daß der Bau von der Leerarbeit keinen eigentlichen Nutzen hatte) dadurch, daß gerade an der Stelle, wo der Ort plangemäß sein sollte, die Erde recht locker und sandig war, die Erde mußte dort geradezu festgehämmert werden, um den großen schöngewölbten und gerundeten Platz zu bilden. Für eine solche Arbeit aber habe ich nur die Stirn. Mit der Stirn also bin ich tausend- und tausendmal tage- und nächtelang gegen die Erde angerannt, war glücklich, wenn ich sie mir blutig schlug, denn dies war ein Beweis der beginnenden Festigkeit der Wand, und habe mir auf diese Weise, wie man mir zugestehen wird, meinen Burgplatz wohl verdient.

Auf diesem Burgplatz sammle ich meine Vorräte, alles, was ich über meine augenblicklichen Bedürfnisse hinaus innerhalb des Baus erjage, und alles, was ich von

I could indeed do this because I did not want to
return to it any more, until after hours or days I then
came back remorsefully, almost having sung a hymn
to the intactness of the burrow, and began working
anew in genuine cheerfulness. The work on the
fortress square also became unnecessarily difficult
(unnecessary in the sense that the burrow had no
actual benefit from the futile work) through the fact
that precisely at the spot where the location should
be according to plan the soil was quite loose and
sandy; there the soil had to be virtually hammered
down, in order to form the big beautifully arched
and rounded square. But for such labor I only have
the forehead. With the forehead therefore, I ran
thousands and thousands of times for days and
nights against the soil, was happy, when I hit it
bloody, for this was proof of the beginning firmness
of the wall, and in this way I have well earned my
fortress square, as one will grant me.

On this fortress square I gather my supplies,
everything beyond my immediate needs that I hunt
within the burrow, and everything I bring from my
hunting outside the house I pile up here. The square

meinen Jagden außer dem Hause mitbringe, häufe ich
hier auf. Der Platz ist so groß, daß ihn Vorräte für ein
halbes Jahr nicht füllen. Infolgedessen kann ich sie wohl
ausbreiten, zwischen ihnen herumgehen, mit ihnen
spielen, mich an der Menge und an den verschiedenen
Gerüchen freuen und immer einen genauen Überblick
über das Vorhandene haben. Ich kann dann auch
immer Neuordnungen vornehmen und entsprechend
der Jahreszeit die nötigen Vorausberechnungen und
Jagdpläne machen. Es gibt Zeiten, in denen ich so wohl
versorgt bin, daß ich aus Gleichgültigkeit gegen das
Essen überhaupt das Kleinzeug, das hier herumhuscht,
gar nicht berühre, was allerdings aus anderen Gründen
vielleicht unvorsichtig ist. Die häufige Beschäftigung
mit Verteidigungsvorbereitungen bringt es mit sich,
daß meine Ansichten hinsichtlich der Ausnutzung des
Baus für solche Zwecke sich ändern oder entwickeln,
in kleinem Rahmen allerdings. Es scheint mir dann
manchmal gefährlich, die Verteidigung ganz auf dem
Burgplatz zu basieren, die Mannigfaltigkeit des Baus
gibt mir doch auch mannigfaltigere Möglichkeiten
und es scheint mir der Vorsicht entsprechender, die
Vorräte ein wenig zu verteilen und auch manche kleine
Plätze mit ihnen zu versorgen, dann bestimme ich

is so large that supplies for half a year do not fill it.
For that reason I can indeed spread them out, walk
around among them, play with them, take delight
in the amount and the various smells, and always
have an exact overview of what is in stock. Then
I can also always undertake redistributions and,
according to the time of year, make the necessary
advance calculations and hunting plans. There are
times in which I am so well supplied that, out of
indifference towards eating at all, I do not even touch
the riffraff that darts about here, which however
for other reasons is perhaps careless. The frequent
occupation with defense preparations brings with
it that my views change or evolve regarding the
utilization of the burrow for such purposes, albeit
on a small scale. Then it sometimes seems dangerous
to me to base the defense completely upon the
fortress square; the diversity of the burrow gives
me of course also more diverse possibilities, and it
seems to me more in accordance with precaution to
distribute the provisions a bit and to supply some of
the small courts with them as well; then I designate
approximately every third court as a reserve supply
depot or every fourth court as a main and every

etwa jeden dritten Platz zum Reservevorratsplatz oder
jeden vierten Platz zu einem Haupt- und jeden zweiten
zu einem Nebenvorratsplatz u. dgl. Oder ich schalte
manche Wege zu Täuschungszwecken überhaupt aus
der Behäufung mit Vorräten aus oder ich wähle ganz
sprunghaft, je nach ihrer Lage zum Hauptausgang, nur
wenige Plätze. Jeder solche neue Plan verlangt allerdings
schwere Lastträgerarbeit, ich muß die neue Berechnung
vornehmen und trage dann die Lasten hin und her.
Freilich kann ich das in Ruhe ohne Übereilung machen
und es ist nicht gar so schlimm, die guten Dinge im
Maule zu tragen, sich auszuruhen, wo man will und, was
einem gerade schmeckt, zu naschen. Schlimmer ist es,
wenn es mir manchmal, gewöhnlich bei Aufschrecken
aus dem Schlafe, scheint, daß die gegenwärtige
Aufteilung ganz und gar verfehlt ist, große Gefahren
herbeiführen kann und sofort eiligst ohne Rücksicht
auf Schläfrigkeit und Müdigkeit richtiggestellt werden
muß; dann eile ich, dann fliege ich, dann habe ich keine
Zeit zu Berechnungen; der ich gerade einen neuen, ganz
genauen Plan ausführen will, fasse willkürlich, was mir
unter die Zähne kommt, schleppe, trage, seufze, stöhne,
stolpere und nur irgendeine beliebige Veränderung
des gegenwärtigen, mir so übergefährlich scheinenden

second court as a secondary supply depot and so
on. Or for purposes of deception I eliminate some
paths altogether from the piling up of supplies or
I completely erratically select only a few courts
depending on their location relative to the main exit.
Every such new plan, however, demands heavy load-
carrying labor, I must undertake the new calculation
and then carry the loads back and forth. To be sure
I can do that in leisure without excessive haste, and
it is not at all so bad to carry the good things in my
mouth, take a rest where one wants and nibble on
what one finds tasty at that moment. It is worse
when it sometimes appears to me, usually when
startled from sleep, that the current distribution is
totally misguided, can bring about great dangers, and
must be corrected immediately and most urgently
without regard to sleepiness and tiredness; then I
run, then I fly, then I have no time for calculations; I,
who immediately want to carry out a new, completely
detailed plan, grab arbitrarily whatever comes
between my teeth, drag, carry, sigh, groan, stumble,
and just any arbitrary change of the current condition
that seems so super-dangerous to me will already
satisfy me. Until gradually with total awakening the

Zustandes will mir schon genügen. Bis allmählich
mit völligem Erwachen die Ernüchterung kommt,
ich die Übereilung kaum verstehe, tief den Frieden
meines Hauses einatme, den ich selbst gestört habe, zu
meinem Schlafplatz zurückkehre, in neugewonnener
Müdigkeit sofort einschlafe und beim Erwachen als
unwiderleglichen Beweis der schon fast traumhaft
erscheinenden Nachtarbeit etwa noch eine Ratte an
den Zähnen hängen habe. Dann gibt es wieder Zeiten,
wo mir die Vereinigung aller Vorräte auf einen Platz
das Allerbeste scheint. Was können mir die Vorräte
auf den kleinen Plätzen helfen, wieviel läßt sich denn
dort überhaupt unterbringen, und was immer man
auch hinbringt, es verstellt den Weg und wird mich
vielleicht einmal bei der Verteidigung, beim Laufen eher
hindern. Außerdem ist es zwar dumm aber wahr, daß
das Selbstbewußtsein darunter leidet, wenn man nicht
alle Vorräte beisammen sieht und so mit einem einzigen
Blicke weiß, was man besitzt. Kann nicht auch bei diesen
vielen Verteilungen vieles verloren gehen? Ich kann
nicht immerfort durch meine Kreuz- und Quergänge
galoppieren, um zu sehen, ob alles in richtigem Stande
ist. Der Grundgedanke einer Verteilung der Vorräte
ist ja richtig, aber eigentlich nur dann, wenn man

sobering-up comes, I can hardly understand the
excessive haste, inhale deeply the peace of my house
that I myself have disturbed, return to my sleeping
place, fall asleep at once in newly won tiredness, and
upon awakening perhaps still have a rat hanging
from my teeth as an indisputable proof of the
night's labor that already seems almost dreamlike.
Then again there are times when the gathering of
all supplies at one court seems the very best to me.
How can the supplies in the small courts help me,
how much really can be stored there anyhow, and
whatever one does bring there, it blocks the way
and perhaps will sometime rather hinder me while
defending, while running. In addition it is foolish,
to be sure, but true that one's self-esteem suffers
when one does not see all supplies together and
thus with a single glance knows what one possesses.
Cannot also much get lost through all these many
distributions? I cannot constantly gallop through
my crisscrossing tunnels in order to see whether
everything is in the right condition. Granted, the
basic thought of a distribution of the provisions is
correct, but actually only when one has several courts
of the type of my fortress square. Several such courts!

mehrere Plätze von der Art meines Burgplatzes hat. Mehrere solche Plätze! Freilich! Aber wer kann das schaffen? Auch sind sie im Gesamtplan meines Baus jetzt nachträglich nicht mehr unterzubringen. Zugeben aber will ich, daß darin ein Fehler des Baus liegt, wie überhaupt dort immer ein Fehler ist, wo man von irgend etwas nur ein Exemplar besitzt. Und ich gestehe auch ein, daß in mir während des ganzen Baues dunkel im Bewußtsein, aber deutlich genug, wenn ich den guten Willen gehabt hätte, die Forderung nach mehreren Burgplätzen lebte, ich habe ihr nicht nachgegeben, ich fühlte mich zu schwach für die ungeheure Arbeit, ja ich fühlte mich zu schwach, mir die Notwendigkeit der Arbeit zu vergegenwärtigen, irgendwie tröstete ich mich mit Gefühlen von nicht minderer Dunkelheit, nach denen das, was sonst nicht hinreichen würde, in meinem Fall einmal ausnahmsweise, gnadenweise, wahrscheinlich weil der Vorsehung an der Erhaltung meiner Stirn, des Stampfhammers, besonders gelegen ist, hinreichen werde. Nun so habe ich nur einen Burgplatz, aber die dunklen Gefühle, daß der eine diesmal nicht hinreichen werde, haben sich verloren. Wie es auch sei, ich muß mich mit dem einen begnügen, die kleinen Plätze können ihn unmöglich ersetzen und so fange ich dann, wenn diese

Of course! But who can accomplish that? Also they
cannot now be accommodated retroactively within
the comprehensive design of my burrow. But I will
allow that therein lies a fault of the burrow, as there
is basically always a fault when one possesses only
one specimen of something. And I also concede
that throughout the whole construction there lived
dimly, but distinctly enough in my consciousness, if
I had had the proper resolve, the demand for several
fortress squares; I haven't given in to it, I felt too
weak for the monstrous labor; yes, I felt too weak
to imagine the necessity of the labor, somehow I
consoled myself with feelings of no less dimness,
according to which that which otherwise would not
suffice in my case would suffice just this once as an
exception, mercifully, probably because providence
is especially interested in the preservation of my
forehead, the sledge hammer. So now I have only
one fortress square, but the dim feelings have
subsided that this single one will not suffice this time.
However it may be, I must content myself with this
single one, the small courts cannot possibly replace
it, and so I resume then, when this point of view
has matured in me, hauling back again everything

Anschauung in mir gereift ist, wieder an, alles aus den
kleinen Plätzen zum Burgplatz zurückzuschleppen.
Für einige Zeit ist es mir dann ein gewisser Trost, alle
Plätze und Gänge frei zu haben, zu sehen, wie auf
dem Burgplatz sich die Mengen des Fleisches häufen
und weithin bis in die äußersten Gänge die Mischung
der vielen Gerüche senden, von denen jeder in seiner
Art mich entzückt und die ich aus der Ferne genau zu
sondern imstande bin. Dann pflegen besonders friedliche
Zeiten zu kommen, in denen ich meine Schlafplätze
langsam, allmählich von den äußeren Kreisen nach innen
verlege, immer tiefer in die Gerüche tauche, bis ich es
nicht mehr ertrage und eines Nachts auf den Burgplatz
stürze, mächtig unter den Vorräten aufräume und bis
zur vollständigen Selbstbetäubung mit dem Besten,
was ich liebe, mich fülle. Glückliche, aber gefährliche
Zeiten; wer sie auszunützen verstünde, könnte mich
leicht, ohne sich zu gefährden, vernichten. Auch hier
wirkt das Fehlen eines zweiten oder dritten Burgplatzes
schädigend mit, die große einmalige Gesamtanhäufung
ist es, die mich verführt. Ich suche mich verschiedentlich
dagegen zu schützen, die Verteilung auf die kleinen
Plätze ist ja auch eine derartige Maßnahme, leider führt
sie wie andere ähnliche Maßnahmen durch Entbehrung

from the small courts to the fortress square. Then for some time it is a certain consolation for me to have all the courts and tunnels free, to see how the amounts of meat pile up on the fortress square and send far into the outermost tunnels the mixture of the many scents, which each in their own way delight me and which I am able to distinguish exactly from a distance. Then especially peaceful times usually come, during which I shift my sleeping places slowly, from the outer circles gradually to the interior, dive ever deeper into the scents until I can no longer bear it and one night burst upon the fortress square, mightily clean up among the provisions and fill myself up with the best that I love until complete self-stupefaction. Happy, but dangerous times; whoever would know how to take advantage of them could easily destroy me without danger. Here also the absence of a second or third fortress square has a damaging effect, it is the large, unique totality of the accumulation that seduces me. I attempt to protect myself in various ways against this, the distribution among the small courts is indeed one such measure, unfortunately it leads like other similar measures through deprivation to even greater greed, which

zu noch größerer Gier, die dann mit Überrennung des
Verstandes die Verteidigungspläne zu ihren Zwecken
willkürlich ändert.

Nach solchen Zeiten pflege ich, um mich zu sammeln,
den Bau zu revidieren und, nachdem die nötigen
Ausbesserungen vorgenommen sind, ihn öfters, wenn
auch immer nur für kürzere Zeit zu verlassen. Die
Strafe ihn lange zu entbehren scheint mir selbst dann
zu hart, aber die Notwendigkeit zeitweiliger Ausflüge
sehe ich ein. Es hat immer eine gewisse Feierlichkeit,
wenn ich mich dem Ausgang nähere. In den Zeiten
des häuslichen Lebens weiche ich ihm aus, vermeide
sogar den Gang, der zu ihm führt, in seinen letzten
Ausläufern zu begehen; es ist auch gar nicht leicht, dort
herumzuwandern, denn ich habe dort ein volles kleines
Zickzackwerk von Gängen angelegt; dort fing mein
Bau an, ich durfte damals noch nicht hoffen, ihn je so
beenden zu können wie er in meinem Plane dastand,
ich begann halb spielerisch an diesem Eckchen und
so tobte sich dort die erste Arbeitsfreude in einem
Labyrinthbau aus, der mir damals die Krone aller Bauten
schien, den ich aber heute wahrscheinlich richtiger als
allzu kleinliche, des Gesamtbaues nicht recht würdige

then by the overpowering of reason arbitrarily
changes the plans for defense for its own purposes.

After such times, in order to compose myself, I
am accustomed to revise the burrow and, after the
necessary improvements are undertaken, to leave
it frequently, even if always only for a rather short
amount of time. The punishment of being deprived of
it for a long time then appears too harsh to me, but
I do recognize the necessity of occasional excursions.
There is always a certain solemnity when I approach
the exit. In times of domestic life I evade it, even
avoid walking in the final offshoots of the tunnel that
leads to it; it also is not easy at all to wander about
there, because I have installed a complete little zigzag
system of tunnels; there my burrow began, at the
time I could not yet hope to be able to finish it the
way it existed in my plan; I began at this little corner
almost playfully and thus the initial joy of working
went wild in a labyrinthine burrow that at the time
seemed to me to be the crown of all structures, but
which I judge today probably more correctly as an
all too petty piece of tinkering not entirely worthy
of the total burrow, which to be sure is theoretically

Bastelei beurteile, die zwar theoretisch vielleicht köstlich ist – hier ist der Eingang zu meinem Haus, sagte ich damals ironisch zu den unsichtbaren Feinden und sah sie schon sämtlich in dem Eingangslabyrinth ersticken – in Wirklichkeit aber eine viel zu dünnwandige Spielerei darstellt, die einem ernsten Angriff oder einem verzweifelt um sein Leben kämpfenden Feind kaum widerstehen wird. Soll ich diesen Teil deshalb umbauen? Ich zögere die Entscheidung hinaus und es wird wohl schon so bleiben wie es ist. Abgesehen von der großen Arbeit, die ich mir damit zumuten würde, wäre es auch die gefährlichste, die man sich denken kann. Damals, als ich den Bau begann, konnte ich dort verhältnismäßig ruhig arbeiten, das Risiko war nicht viel größer als irgendwo sonst, heute aber hieße es fast mutwillig die Welt auf den ganzen Bau aufmerksam machen wollen, heute ist es nicht mehr möglich. Es freut mich fast, eine gewisse Empfindsamkeit für dieses Erstlingswerk ist ja auch vorhanden. Und wenn ein großer Angriff kommen sollte, welcher Grundriß des Eingangs könnte mich retten? Der Eingang kann täuschen, ablenken, den Angreifer quälen, das tut auch dieser zur Not. Aber einem wirklich großen Angriff muß ich gleich mit allen Mitteln des Gesamtbaues und mit allen Kräften

perhaps delightful – here is the entrance to my house, I said at the time ironically to the invisible enemies and saw them already collectively suffocate in the entrance labyrinth –, but in reality represents a much too thinly walled frivolity that is hardly likely to withstand a serious attack or an enemy who is desperately fighting for his life. Should I therefore reconstruct this part? I am delaying the decision and it will probably remain just as it is. Apart from the substantial labor that I would then ask of myself, it would also be the most dangerous labor that one can imagine. At the time when I began the burrow, I was able to work there comparatively quietly, the risk was not much greater than anywhere else, but today this would mean almost wantonly wanting to alert the world to the whole burrow, today it is no longer possible. It almost makes me happy; a certain sentimentality for this first piece of work is indeed also present. And if a major attack should come, which ground plan of the entrance could save me? The entrance can deceive, divert, torment the attacker; this one does that as well if need be. But I must seek to combat a truly major attack immediately with all resources of the total burrow and with all

des Körpers und der Seele zu begegnen suchen – das ist ja selbstverständlich. So mag auch dieser Eingang schon bleiben. Der Bau hat so viele von der Natur ihm aufgezwungene Schwächen, mag er auch noch diesen von meinen Händen geschaffenen und wenn auch erst nachträglich, so doch genau erkannten Mangel behalten. Mit dem allem ist freilich nicht gesagt, daß mich dieser Fehler nicht von Zeit zu Zeit oder vielleicht immer doch beunruhigt. Wenn ich bei meinen gewöhnlichen Spaziergängen diesem Teil des Baues ausweiche, so geschieht das hauptsächlich deshalb, weil mir sein Anblick unangenehm ist, weil ich nicht immer einen Mangel des Baues in Augenschein nehmen will, wenn dieser Mangel schon in meinem Bewußtsein mir allzusehr rumort. Mag der Fehler dort oben am Eingang unausrottbar bestehen, ich aber mag, so lange es sich vermeiden läßt, von seinem Anblick verschont bleiben. Gehe ich nur in der Richtung zum Ausgang, sei ich auch noch durch Gänge und Plätze von ihm getrennt, glaube ich schon in die Atmosphäre einer großen Gefahr zu geraten, mir ist manchmal, als verdünne sich mein Fell, als könnte ich bald mit bloßem kahlen Fleisch dastehen und in diesem Augenblick vom Geheul meiner Feinde begrüßt werden. Gewiß, solche Gefühle bringt schon

powers of body and soul – that indeed goes without
saying. So this entrance may also remain after all.
The burrow has so many weaknesses forced upon it
by nature, may it also further keep this deficiency
created by my own hands and clearly recognized,
even though only afterwards. All this does not mean,
however, that this mistake does not indeed worry
me from time to time or perhaps always. If I evade
this part of the burrow during my usual strolls, this
principally happens because its sight is unpleasant for
me, because I don't want to always have a close look
at a deficiency of the burrow when this deficiency
is already floating around all too much in my
consciousness. The mistake up there at the entrance
may remain ineradicable, but I want to remain spared
of its sight as long as it can be avoided. If I only
go in the direction of the exit, even if I may still be
separated from it by tunnels and courts, I already
believe to be entering into the atmosphere of a great
danger; it sometimes seems to me as though my fur
were thinning, as though I could soon be standing
there with bare naked flesh and in this moment
be greeted by the howling of my foes. Certainly,
the exit in itself already causes such feelings, the

an und für sich der Ausgang selbst hervor, das Aufhören
des häuslichen Schutzes, aber es ist doch auch dieser
Eingangsbau, der mich besonders quält. Manchmal
träume ich, ich hätte ihn umgebaut, ganz und gar
geändert, schnell, mit Riesenkräften in einer Nacht, von
niemandem bemerkt, und nun sei er uneinnehmbar, der
Schlaf, in dem mir das geschieht, ist der süßeste von
allen, Tränen der Freude und Erlösung glitzern noch an
meinem Bart, wenn ich erwache.

Die Pein dieses Labyrinths muß ich also auch körperlich
überwinden, wenn ich ausgehe, und es ist mir ärgerlich
und rührend zugleich, wenn ich mich manchmal in
meinem eigenen Gebilde für einen Augenblick verirre
und das Werk sich also noch immer anzustrengen
scheint, mir, dessen Urteil schon längst feststeht, doch
noch seine Existenzberechtigung zu beweisen. Dann
aber bin ich unter der Moosdecke, der ich manchmal
Zeit lasse – solange rühre ich mich nicht aus dem Hause
– mit dem übrigen Waldboden zusammengewachsen
und nun ist nur noch ein Ruck des Kopfes nötig und
ich bin in der Fremde. Diese kleine Bewegung wage
ich lange nicht auszuführen, hätte ich nicht wieder
das Eingangslabyrinth zu überwinden, gewiß würde

ceasing of the protection of home, but it is indeed also this entrance burrow that particularly torments me. Sometimes I dream that I had reconstructed, completely and totally changed it, quickly, with gigantic powers in one night, noticed by no one, and now it would be impregnable; the sleep in which that happens to me is the sweetest of all, tears of joy and deliverance still glisten on my beard when I awake.

The torment of this labyrinth I therefore also have to overcome physically when I go out, and for me it is simultaneously annoying and touching when I sometimes get lost for a moment in my own construction and thus the structure still seems to make an effort to prove to me, whose judgment has been definite for a long time, nevertheless its right to exist. But then I am under the moss covering, which I sometimes allow time – meanwhile I don't move out of the house – to grow together with the rest of the forest floor, and now only a jerk of the head is necessary and I am in foreign territory. For a long time I don't dare to undertake this small movement; if I didn't have to negotiate the entrance labyrinth again, I would certainly abandon it today and wander

ich heute davon ablassen und wieder zurückwandern.
Wie? Dein Haus ist geschützt, in sich abgeschlossen.
Du lebst in Frieden, warm, gut genährt, Herr, alleiniger
Herr über eine Vielzahl von Gängen und Plätzen, und
alles dieses willst du hoffentlich nicht opfern, aber doch
gewissermaßen preisgeben, hast zwar die Zuversicht,
es zurückzugewinnen, aber läßt dich doch darauf ein,
ein hohes, ein allzuhohes Spiel zu spielen? Es gäbe
vernünftige Gründe dafür? Nein, für etwas derartiges
kann es keine vernünftigen Gründe geben. Aber dann
hebe ich doch vorsichtig die Falltüre und bin draußen,
lasse sie vorsichtig sinken und jage so schnell ich kann
weg von dem verräterischen Ort.

Aber im Freien bin ich eigentlich nicht, zwar drücke ich
mich nicht mehr durch die Gänge, sondern jage im
offenen Wald, fühle in meinem Körper neue Kräfte, für
die im Bau gewissermaßen kein Raum ist, nicht einmal
auf dem Burgplatz, und wäre er zehnmal größer. Auch ist
die Ernährung draußen eine bessere, die Jagd zwar
schwieriger, der Erfolg seltener, aber das Ergebnis in
jeder Hinsicht höher zu bewerten, das alles leugne ich
nicht und verstehe es wahrzunehmen und zu genießen,
zumindest so gut wie jeder andere, aber wahrscheinlich

back again. What? Your house is protected, self-contained. You live in peace, warm, well fed, lord, sovereign lord over a multitude of tunnels and courts, and all this you hopefully don't want to sacrifice, but yet in a way surrender; to be sure you have the confidence of winning it back, but nonetheless are you getting involved in a high, an all too high-stakes gamble? Would there be rational reasons for this? No, for something like that there can be no rational reasons. But then I nonetheless carefully lift the trap door and am outside, let it drop carefully and race away as fast as I can from the treacherous place.

But I am actually not in the open; to be sure I no longer squeeze myself through the tunnels, but rather hunt in the open forest, feel new energies in my body for which there is in a certain sense no room in the burrow, not even on the fortress square, even if it were ten times larger. Nourishment outside is also better, the hunt more difficult to be sure, and success more seldom, but the result to be valued higher in every regard; I deny none of that and know how to perceive and to enjoy it, at least as well as anybody else, but probably much better, for I do not hunt like

viel besser, denn ich jage nicht wie ein Landstreicher aus
Leichtsinn oder Verzweiflung, sondern zweckvoll und
ruhig. Auch bin ich nicht dem freien Leben bestimmt
und ausgeliefert, sondern ich weiß, daß meine Zeit
gemessen ist, daß ich nicht endlos hier jagen muß,
sondern daß mich gewissermaßen, wenn ich will und des
Lebens hier müde bin, jemand zu sich rufen wird, dessen
Einladung ich nicht werde widerstehen können. Und so
kann ich diese Zeit hier ganz auskosten und sorgenlos
verbringen, vielmehr, ich könnte es und kann es doch
nicht. Zuviel beschäftigt mich der Bau. Schnell bin ich
vom Eingang fortgelaufen, bald aber komme ich zurück.
Ich suche mir ein gutes Versteck und belauere den
Eingang meines Hauses – diesmal von außen – tage- und
nächtelang. Mag man es töricht nennen, es macht mir
eine unsagbare Freude und es beruhigt mich. Mir ist
dann, als stehe ich nicht vor meinem Haus, sondern vor
mir selbst, während ich schlafe, und hätte das Glück,
gleichzeitig tief zu schlafen und dabei mich scharf
bewachen zu können. Ich bin gewissermaßen
ausgezeichnet, die Gespenster der Nacht nicht nur in der
Hilflosigkeit und Vertrauensseligkeit des Schlafes zu
sehen, sondern ihnen gleichzeitig in Wirklichkeit bei
voller Kraft des Wachseins in ruhiger Urteilsfähigkeit zu

a vagrant out of recklessness or despair, but rather
purposefully and calmly. I also am not destined for
the life of freedom and at its mercy; rather, I know
that my time is limited, that I must not hunt here
endlessly, but that in a certain sense someone will
summon me when I want to and am tired of life here,
whose invitation I will not be able to resist. And so I
can enjoy this time here to the fullest and spend it
without a care, or rather, I could but cannot actually
do it. The burrow preoccupies me too much. I ran
away quickly from the entrance, but soon I come
back. I seek out a good hiding place and keep an
eagle eye on the entrance to my house – this time
from the outside – for days and nights at a time.
Though one may call it foolish, it causes me an
unspeakable joy and calms me down. Then I feel as
though I don't stand before my house, but rather
before myself while I sleep and would have the good
fortune of simultaneously being in a deep sleep and
meanwhile being able to watch closely over myself. In
a certain sense I am granted to see the specters of the
night not only in the helplessness and trustfulness of
sleep, but at the same time to encounter them in
reality with calm judgment while at full strength of

begegnen. Und ich finde, daß es merkwürdigerweise nicht so schlimm mit mir steht, wie ich oft glaubte und wie ich wahrscheinlich wieder glauben werde, wenn ich in mein Haus hinabsteige. In dieser Hinsicht, wohl auch in anderer, aber in dieser besonders, sind diese Ausflüge wahrhaftig unentbehrlich. Gewiß, so sorgfältig ich den Eingang abseitsliegend gewählt habe – der Verkehr, der sich dort vollzieht, ist doch, wenn man die Beobachtungen einer Woche zusammenfaßt, sehr groß, aber so ist es vielleicht überhaupt in allen bewohnbaren Gegenden und wahrscheinlich ist es sogar besser, einem größeren Verkehr sich auszusetzen, der infolge seiner Größe sich selbst mit weiterreißt, als in völliger Einsamkeit dem ersten besten, langsam suchenden Eindringling ausgeliefert zu sein. Hier gibt es viele Feinde und noch mehr Helfershelfer der Feinde, aber sie bekämpfen sich auch gegenseitig und jagen in diesen Beschäftigungen am Bau vorbei. Niemanden habe ich in der ganzen Zeit geradezu am Eingang forschen sehen, zu meinem und zu seinem Glück, denn ich hätte mich, besinnungslos vor Sorge um den Bau, gewiß an seine Kehle geworfen. Freilich, es kam auch Volk, in dessen Nähe ich nicht zu bleiben wagte und vor denen ich, wenn ich sie nur in der Ferne ahnte, fliehen mußte, über ihr

being awake. And I find that matters curiously are not as bad for me as I often believed and probably will believe again when I descend into my house. In this regard, probably also in another, but particularly in this regard, these excursions are truly indispensable. Certainly, as carefully as I have chosen the entrance to lie offside – the traffic that takes place there is nonetheless, when one puts together the observations of one week, very heavy, but so is it perhaps anyhow in all habitable areas, and probably it is even better to expose oneself to greater traffic, which because of its size propels itself further along, than in complete solitude to be at the mercy of any random, slowly probing intruder. Here there are many foes and even more accomplices of the foes, but they also fight against one another and in these activities chase past the burrow. During the whole time I have seen no one investigating right at the entrance, fortunately for me and him, for I certainly would have thrown myself at his throat, senseless with worry about the burrow. To be sure, there also came folk in whose vicinity I did not dare to remain and from whom I had to flee whenever I only sensed them from a distance; I really shouldn't comment

Verhalten zum Bau dürfte ich mich eigentlich mit Sicherheit nicht äußern, doch genügt es wohl zur Beruhigung, daß ich bald zurückkam, niemanden von ihnen mehr vorfand und den Eingang unverletzt. Es gab glückliche Zeiten, in denen ich mir fast sagte, daß die Gegnerschaft der Welt gegen mich vielleicht aufgehört oder sich beruhigt habe oder daß die Macht des Baues mich heraushebe aus dem bisherigen Vernichtungskampf. Der Bau schützt vielleicht mehr, als ich jemals gedacht habe oder im Innern des Baues zu denken wage. Es ging soweit, daß ich manchmal den kindischen Wunsch bekam, überhaupt nicht mehr in den Bau zurückzukehren, sondern hier in der Nähe des Eingangs mich einzurichten, mein Leben in der Beobachtung des Eingangs zu verbringen und immerfort mir vor Augen zu halten und darin mein Glück zu finden, wie fest mich der Bau, wäre ich drin, zu sichern imstande wäre. Nun, es gibt ein schnelles Aufschrecken aus kindischen Träumen. Was ist es denn für eine Sicherung, die ich hier beobachte? Darf ich denn die Gefahr, in welcher ich im Bau bin, überhaupt nach den Erfahrungen beurteilen, die ich hier draußen mache? Haben denn meine Feinde überhaupt die richtige Witterung, wenn ich nicht im Bau bin? Einige Witterung von mir haben sie gewiß, aber die

with certitude about their behavior regarding the
burrow, but it probably suffices as reassurance that I
soon came back, found none of them any more and
the entrance undamaged. There were happy times
during which I almost said to myself that the enmity
of the world against me had perhaps ceased or
calmed down or that the might of the burrow was
raising me above the previous battle of extermination.
Perhaps the burrow protects more than I have ever
thought or dare to think in the interior of the burrow.
It went so far that sometimes I got the childish wish
to never return into the burrow at all, but rather to
settle down here in the vicinity of the entrance, to
spend my life observing the entrance, and to
constantly keep before my eyes and find my
happiness in how securely the burrow would be able
to protect me if I were inside. Well, here comes a
quick jolt out of childish dreams. What sort of
security is it that I observe here? May I judge at all
the danger I am in within the burrow according to
the experiences I have here on the outside? Do my
enemies actually have the right scent at all if I am not
in the burrow? Some scent of me they certainly have,
but not the complete one. And isn't often the

volle nicht. Und ist nicht oft der Bestand der vollen
Witterung die Voraussetzung der normalen Gefahr? Es
sind also nur Halb- und Zehntelversuche, die ich hier
anstelle, geeignet mich zu beruhigen und durch falsche
Beruhigung aufs höchste zu gefährden. Nein, ich
beobachte doch nicht, wie ich glaubte, meinen Schlaf,
vielmehr bin ich es, der schläft, während der Verderber
wacht. Vielleicht ist er unter denen, die achtlos am
Eingang vorüberschlendern, sich immer nur
vergewissern, nicht anders als ich, daß die Tür noch
unverletzt ist und auf ihren Angriff wartet, und nur
vorübergehen, weil sie wissen, daß der Hausherr nicht im
Innern ist oder weil sie vielleicht gar wissen, daß er
unschuldig nebenan im Gebüsch lauert. Und ich verlasse
meinen Beobachtungsplatz und bin satt des Lebens im
Freien, mir ist, als könnte ich nicht mehr hier lernen,
nicht jetzt und nicht später. Und ich habe Lust, Abschied
zu nehmen von allem hier, hinabzusteigen in den Bau
und niemals mehr zurückzukommen, die Dinge ihren
Lauf nehmen zu lassen und sie durch unnütze
Beobachtungen nicht aufzuhalten. Aber verwöhnt
dadurch, daß ich solange alles gesehen habe, was über
dem Eingang vor sich ging, ist es mir jetzt sehr quälend,
die an sich geradezu Aufsehen machende Prozedur des

existence of the complete scent the prerequisite of normal danger? These are therefore only half- and fractional experiments that I employ, suitable for calming me and through a false calm endangering me to the extreme. No, I do not observe my sleep after all, as I believed; rather I am the one who sleeps while the destroyer watches. Perhaps he is among those who heedlessly stroll past the entrance and are only always making sure, not unlike myself, that the door is still undamaged and awaiting their attack and only pass by because they know that the master of the house is not inside or perhaps even because they know that he is innocently lurking nearby in the bushes. And I leave my observation post and have had enough of life in the open, feeling that here I could not learn any more, not now and not later. And I have the desire to take leave of everything here, to descend into the burrow and to never come back again, to let things run their course and not to delay them through useless observations. But spoiled by the fact that for so long I have seen everything that transpired over the entrance, it is now very tormenting for me to undertake the process of descending, which in itself attracts attention, and not

Hinabsteigens durchzuführen und nicht zu wissen, was im ganzen Umkreis hinter meinem Rücken und dann hinter der wiedereingefügten Falltür geschehen wird. Ich versuche es zunächst in stürmischen Nächten mit dem schnellen Hineinwerfen der Beute, das scheint zu gelingen, aber ob es wirklich gelungen ist, wird sich erst zeigen, wenn ich selbst hineingestiegen bin, es wird sich zeigen, aber nicht mehr mir, oder auch mir, aber zu spät. Ich lasse also ab davon und steige nicht ein. Ich grabe, natürlich in genügender Entfernung vom wirklichen Eingang einen Versuchsgraben, er ist nicht länger als ich selbst bin und auch von einer Moosdecke abgeschlossen. Ich krieche in den Graben, decke ihn hinter mir zu, warte sorgfältig, berechne kürzere und längere Zeiten zu verschiedenen Tagesstunden, werfe dann das Moos ab, komme hervor und registriere meine Beobachtungen. Ich mache die verschiedensten Erfahrungen guter und schlimmer Art, ein allgemeines Gesetz oder eine unfehlbare Methode des Hinabsteigens finde ich aber nicht. Ich bin infolgedessen noch nicht in den wirklichen Eingang hinabgestiegen und verzweifelt, es doch bald tun zu müssen. Ich bin nicht ganz fern von dem Entschluß, in die Ferne zu gehen, das alte trostlose Leben wieder aufzunehmen, das gar keine Sicherheit hatte, das eine

to know what will happen in the entire vicinity behind my back and then behind the re-installed trap door. At first I attempt it in stormy nights by quickly hurling in the prey, which appears to succeed, but whether it has really succeeded will only become evident when I myself have climbed in; it will become evident, but not to me, or to me as well, but too late. I therefore abandon this and do not climb in. I dig, naturally in sufficient distance from the actual entrance, an experimental tunnel, not longer than I myself and also closed off by a moss covering. I creep into the tunnel, cover it behind me, wait carefully, calculate shorter and longer times at various times of day, then toss off the moss, come out and note my observations. I have all sorts of experiences, good and bad, but I do not find a general rule or an infallible method of descending. For that reason I have not yet descended into the actual entrance and am despairing about nonetheless having to do it soon. I am not that far from the decision to go far away, to resume the old, disconsolate life that didn't have any security whatsoever, which was a single undistinguishable abundance of dangers and

einzige ununterscheidbare Fülle von Gefahren war und infolgedessen die einzelne Gefahr nicht so genau sehen und fürchten ließ, wie es mich der Vergleich zwischen meinem sicheren Bau und dem sonstigen Leben immerfort lehrt. Gewiß, ein solcher Entschluß wäre eine völlige Narrheit, hervorgerufen nur durch allzu langes Leben in der sinnlosen Freiheit; noch gehört der Bau mir, ich habe nur einen Schritt zu tun und bin gesichert. Und ich reiße mich los von allen Zweifeln und laufe geradewegs bei hellem Tag auf die Tür zu, um sie nun ganz gewiß zu heben, aber ich kann es doch nicht, ich überlaufe sie und werfe mich mit Absicht in ein Dornengebüsch, um mich zu strafen, zu strafen für eine Schuld, die ich nicht kenne. Dann allerdings muß ich mir letzten Endes sagen, daß ich doch recht habe, und daß es wirklich unmöglich ist, hinabzusteigen, ohne das Teuerste, was ich habe, allen ringsherum, auf dem Boden, auf den Bäumen, in den Lüften wenigstens für ein Weilchen offen preiszugeben. Und die Gefahr ist keine eingebildete, sondern eine sehr wirkliche. Es muß ja kein eigentlicher Feind sein, dem ich die Lust errege mir zu folgen, es kann recht gut irgendeine beliebige kleine Unschuld, irgendein widerliches kleines Wesen sein, welches aus Neugier mir nachgeht und damit, ohne es zu

consequently did not permit the individual danger to be seen and feared so clearly as the comparison between my secure burrow and the alternative life teaches me all the time. Certainly, such a decision would be complete folly, brought about only by living too long in senseless freedom; the burrow still belongs to me, I only have to take one step and am protected. And I tear myself free of all doubts and run straightaway toward the door in bright daylight in order to lift it now for sure, but I still can't do it, I run past it and deliberately hurl myself into a thorn bush in order to punish myself, punish myself for a transgression that I do not recognize. Then, however, I finally must say to myself that I am right after all and that it is truly impossible to descend without openly exposing the most precious thing I have to everyone around me, on the ground, in the trees, in the air for at least a little while. And the danger is not an imagined, but rather a very real one. It indeed does not have to be an actual enemy in whom I awake the desire to follow me, it quite possibly can be any random small innocent, any disgusting small creature that follows me out of curiosity and thereby, without knowing it, turns into

wissen, zur Führerin der Welt gegen mich wird, es muß auch das nicht sein, vielleicht ist es, und das ist nicht weniger schlimm als das andere, in mancher Hinsicht ist es das schlimmste – vielleicht ist es irgendjemand von meiner Art, ein Kenner und Schätzer von Bauten, irgendein Waldbruder, ein Liebhaber des Friedens, aber ein wüster Lump, der wohnen will ohne zu bauen. Wenn er doch jetzt käme, wenn er doch mit seiner schmutzigen Gier den Eingang entdeckte, wenn er doch daran zu arbeiten begänne, das Moos zu heben, wenn es ihm doch gelänge, wenn er sich doch für mich hineinzwängte und schon darin soweit wäre, daß mir sein Hinterer für einen Augenblick gerade noch auftauchte, wenn das alles doch geschähe, damit ich endlich in einem Rasen hinter ihm her frei von allen Bedenken ihn anspringen könnte, ihn zerbeißen, zerfleischen, zerreißen und austrinken und seinen Kadaver gleich zur anderen Beute stopfen könnte, vor allem aber, das wäre die Hauptsache, endlich wieder in meinem Bau wäre, gern diesmal sogar das Labyrinth bewundern wollte, zunächst aber die Moosdecke über mich ziehen und ruhen wollte, ich glaube, den ganzen, noch übrigen Rest meines Lebens. Aber es kommt niemand und ich bleibe auf mich allein angewiesen. Ich verliere, immerfort nur mit der Schwierigkeit der Sache

the leader of the world against me; it also does not have to be that, perhaps it is – and that is no less bad than the other, in some regards it is the worst – perhaps it is one of my sort, an expert and connoisseur of structures, some brother of the woods, a lover of peace, but a brutish tramp, who wants to reside without building. If he would only come now, if he would only discover the entrance with his dirty greed, if he would only begin to work on lifting up the moss, if he would only succeed, if he would only force himself inside for me and already would be inside so far that his rear end would only just rise up a moment for me, if all that would only happen, so that I finally in a rush after him, free from all scruples, could leap upon him, bite him to pieces, tear limb from limb, dismember and gulp down, and stuff his cadaver immediately in with the other prey, but above all, that would be the main thing, would finally be in my burrow again, would want this time gladly to admire even the labyrinth, but first would want to pull the moss covering over me and repose, I believe, for the whole still remaining rest of my life. But no one comes, and I remain dependent on myself alone.

beschäftigt, viel von meiner Ängstlichkeit, ich weiche
dem Eingang auch äußerlich nicht mehr aus, ihn in
Kreisen zu umstreichen wird meine
Lieblingsbeschäftigung, es ist schon fast so, als sei ich der
Feind und spionierte die passende Gelegenheit aus, um
mit Erfolg einzubrechen. Hätte ich doch
irgendjemanden, dem ich vertrauen könnte, den ich auf
meinen Beobachtungsposten stellen könnte, dann könnte
ich wohl getrost hinabsteigen. Ich würde mit ihm, dem
ich vertraue, vereinbaren, daß er die Situation bei meinem
Hinabsteigen und eine lange Zeit hinterher genau
beobachtet, im Falle von gefährlichen Anzeichen an die
Moosdecke klopft, sonst aber nicht. Damit wäre über mir
völlig reiner Tisch gemacht, es bliebe kein Rest,
höchstens mein Vertrauensmann. – Denn wird er nicht
eine Gegenleistung verlangen, wird er nicht wenigstens
den Bau ansehen wollen? Schon dieses, jemanden
freiwillig in meinen Bau zu lassen, wäre mir äußerst
peinlich. Ich habe ihn für mich, nicht für Besucher
gebaut, ich glaube, ich würde ihn nicht einlassen; selbst
um den Preis, daß er es mir ermöglicht in den Bau zu
kommen, würde ich ihn nicht einlassen. Aber ich könnte
ihn gar nicht einlassen, denn entweder müßte ich ihn
allein hinablassen und das ist doch außerhalb jeder

Constantly preoccupied only with the difficulty of the matter, I lose much of my anxiety, I no longer avoid the entrance including from the outside; it becomes my favorite occupation to prowl around it in circles, it is almost as if I were the enemy and were spying out the suitable opportunity to successfully break in. If I only had someone whom I could trust, whom I could place at my observation post, then I probably could descend confidently. I would arrange with the one whom I trust that he carefully observe the situation during my descent and for a long time afterward, knock on the moss covering in the event of dangerous signs, but not otherwise. Thus the decks would be cleared above me completely, no odds and ends would remain, except my confidant. – For will he not demand a service in return, will he not at least want to view the burrow? This already, voluntarily letting someone into my burrow, would be extremely uncomfortable for me. I have built it for myself, not for visitors, I believe I would not let him in; even given the price that he enables me to go into the burrow, I would not let him in. But I couldn't let him in at all, for either I would have to let him

Vorstellbarkeit oder wir müßten gleichzeitig hinabsteigen, wodurch dann eben der Vorteil, den er mir bringen soll, hinter mir Beobachtungen anzustellen, verloren ginge. Und wie ist es mit dem Vertrauen? Kann ich dem, welchem ich Aug in Aug vertraue, noch ebenso vertrauen, wenn ich ihn nicht sehe und wenn die Moosdecke uns trennt? Es ist verhältnismäßig leicht, jemandem zu vertrauen, wenn man ihn gleichzeitig überwacht oder wenigstens überwachen kann, es ist vielleicht sogar möglich, jemandem aus der Ferne zu vertrauen, aber aus dem Innern des Baues, also einer anderen Welt heraus, jemandem außerhalb völlig zu vertrauen, ich glaube, das ist unmöglich. Aber solche Zweifel sind noch nicht einmal nötig, es genügt ja schon die Überlegung, daß während oder nach meinem Hinabsteigen alle die unzähligen Zufälle des Lebens den Vertrauensmann hindern können, seine Pflicht zu erfüllen, und was für unberechenbare Folgen kann seine kleinste Verhinderung für mich haben. Nein, faßt man alles zusammen, muß ich es gar nicht beklagen, daß ich allein bin und niemanden habe, dem ich vertrauen kann. Ich verliere dadurch gewiß keinen Vorteil und erspare mir wahrscheinlich Schaden. Vertrauen aber kann ich nur mir und dem Bau. Das hätte ich früher bedenken und für

descend alone and this is beyond all imagining, or
we would have to descend simultaneously, whereby
the advantage that he is supposed to bring me, by
making observations behind me, would be lost. And
how about trust? Can I still trust whom I trust eye
to eye just as much when I don't see him and when
the moss covering separates us? It is comparatively
easy to trust someone when one simultaneously
watches over him or at least is able to watch over
him, it is perhaps even possible to trust someone
from a distance; but from the interior of the burrow,
and thus from another world, I believe it is
impossible to completely trust someone outside.
But yet such doubts are not even necessary, the
consideration already suffices that during or after
my descent all the countless coincidences of life can
delay the confidant in fulfilling his duty, and what
sort of incalculable consequences his smallest delay
can have for me. No, if one sums up everything, I
must not lament at all that I am alone and have no
one whom I can trust. I thereby certainly do not
lose any advantage and probably save myself from
harm. I can trust, however, only myself and the
burrow. I should have considered this earlier and

den Fall, der mich jetzt so beschäftigt, Vorsorge treffen sollen. Es wäre am Beginne des Baues wenigstens zum Teil möglich gewesen. Ich hätte den ersten Gang so anlegen müssen, daß er, in gehörigem Abstand von einander, zwei Eingänge gehabt hätte, so daß ich durch den einen Eingang mit aller unvermeidlichen Umständlichkeit hinabgestiegen wäre, rasch den Anfangsgang bis zum zweiten Eingang durchlaufen, die Moosdecke dort, die zu dem Zweck entsprechend hätte eingerichtet sein müssen, ein wenig gelüftet und von dort aus die Lage einige Tage und Nächte zu überblicken versucht hätte. So allein wäre es richtig gewesen. Zwar verdoppeln zwei Eingänge die Gefahr, aber dieses Bedenken hätte hier schweigen müssen, zumal der eine Eingang, der nur als Beobachtungsplatz gedacht war, ganz eng hätte sein können. Und damit verliere ich mich in technische Überlegungen, ich fange wieder einmal meinen Traum eines ganz vollkommenen Baues zu träumen an, das beruhigt mich ein wenig, entzückt sehe ich mit geschlossenen Augen klare und weniger klare Baumöglichkeiten, um unbemerkt aus- und einschlüpfen zu können. Wenn ich so daliege und daran denke, bewerte ich diese Möglichkeiten sehr hoch, aber doch nur als technische Errungenschaften, nicht als wirkliche

taken precautions for the situation that now so preoccupies me. At the beginning of the burrow it would have been at least partially possible. I would have had to set up the first tunnel in such a way that it would have had two entrances in suitable distance from one another, so that I would have descended through one entrance with all unavoidable laboriousness, run through the initial tunnel up until the second entrance, lifted up the moss covering there a bit, which would have had to be correspondingly installed for that purpose, and from there attempted to survey the situation for a few days and nights. Only thus would it have been correct. To be sure, two entrances double the danger, but this consideration would have had to be silenced here, especially as the one entrance, which was only intended as an observation place, could have been quite narrow. And thus I lose myself in technical reckonings, I again begin to dream my dream of a completely perfect burrow, that calms me down a bit, I envision delightedly with closed eyes clear and less clear construction possibilities for being able to slip in and out unobserved. When I am thus lying there and reflecting about it, I rate

Vorteile, denn dieses ungehinderte Aus- und Einschlüpfen, was soll es? Es deutet auf unruhigen Sinn, auf unsichere Selbsteinschätzung, auf unsaubere Gelüste, schlechte Eigenschaften, die noch viel schlechter werden angesichts des Baues, der doch dasteht und Frieden einzugießen vermag, wenn man sich ihm nur völlig öffnet. Nun bin ich freilich jetzt außerhalb seiner und suche eine Möglichkeit der Rückkehr; dafür wären die nötigen technischen Einrichtungen sehr erwünscht. Aber vielleicht doch nicht gar so sehr. Heißt es nicht in der augenblicklichen nervösen Angst den Bau sehr unterschätzen, wenn man ihn nur als eine Höhlung ansieht, in die man sich mit möglichster Sicherheit verkriechen will? Gewiß, er ist auch diese sichere Höhlung oder sollte es sein, und wenn ich mir vorstelle, ich sei mitten in einer Gefahr, dann will ich mit zusammengebissenen Zähnen und mit aller Kraft des Willens, daß der Bau nichts anderes sei als das für meine Lebensrettung bestimmte Loch und daß er diese klar gestellte Aufgabe mit möglichster Vollkommenheit erfülle, und jede andere Aufgabe bin ich bereit, ihm zu erlassen. Nun verhält es sich aber so, daß er in Wirklichkeit – und für die hat man in der großen Not keinen Blick und selbst in gefährdeten Zeiten muß man

these possibilities very highly, but only as technical accomplishments, not as actual advantages, for as to this unhindered slipping in and out, what is the point? It signifies a restless mind, an uncertain self-assessment, dirty lusts, bad qualities, which even become much worse in view of the burrow, which does lie there and is capable of instilling peace, if only one opens oneself completely to it. Admittedly I am now outside of it and seek a possibility of return; for this the necessary technical installations would be very desirable. But yet, perhaps not so much at all. In the current nervous anxiety is it not very much underestimating the burrow if one regards it only as a hollow into which one wants to creep with the utmost possible security? Certainly, it is also this secure hollow or it should be, and when I imagine that I am in the midst of a danger, then I want with clenched teeth and with all strength of will that the burrow be nothing other than the hole destined for the saving of my life and that it fulfill this clearly set task with the utmost possible perfection, and I am ready to release it from every other task. But now things are such that in reality – and in great need one has no eye for this

sich diesen Blick erst erwerben – zwar viel Sicherheit gibt, aber durchaus nicht genug, hören denn jemals die Sorgen völlig in ihm auf? Es sind andere, stolzere, inhaltsreichere, oft weit zurückgedrängte Sorgen, aber ihre verzehrende Wirkung ist vielleicht die gleiche wie jene der Sorgen, die das Leben draußen bereitet. Hätte ich den Bau nur zu meiner Lebenssicherung aufgeführt, wäre ich zwar nicht betrogen, aber das Verhältnis zwischen der ungeheuren Arbeit und der tatsächlichen Sicherung, wenigstens soweit ich sie zu empfinden imstande bin und soweit ich von ihr profitieren kann, wäre ein für mich nicht günstiges. Es ist sehr schmerzlich, sich das einzugestehen, aber es muß geschehen, gerade angesichts des Eingangs dort, der sich jetzt gegen mich, den Erbauer und Besitzer abschließt, ja förmlich verkrampft. Aber der Bau ist eben nicht nur ein Rettungsloch. Wenn ich auf dem Burgplatz stehe, umgeben von den hohen Fleischvorräten, das Gesicht zugewendet den zehn Gängen, die von hier ausgehen, jeder besonders dem Gesamtplatz entsprechend gesenkt oder gehoben, gestreckt oder gerundet, sich erweiternd oder sich verengend und alle gleichmäßig still und leer, und bereit, jeder in seiner Art mich weiterzuführen zu den vielen Plätzen und auch diese alle still und leer –

and even in times of danger one needs to first acquire such a view – it provides much security to be sure, but absolutely not enough, because do worries ever cease completely in it? They are other, prouder, more substantial worries, often deeply suppressed, but their consuming effect is perhaps the same as those of the worries that life outside causes. If I had constructed the burrow only for protecting my life, I would not be betrayed, to be sure, but the proportion between the enormous labor and the actual protection, at least as far as I am capable of perceiving it and as far as I can profit from it, would not be favorable for me. It is very painful to acknowledge this, but it must happen, especially in view of the entrance there, which now clams up, even positively cramps up against me, the builder and owner. But the burrow is not just a rescue hole. When I stand upon the fortress square, surrounded by the high supply of meat, face turned to the ten tunnels that lead away from here, each one uniquely sunken or raised, straight or curved, expanding or narrowing in accord with the square as a whole, and all of them equally quiet and empty, and prepared, each in its own way, to lead me

dann liegt mir der Gedanke an Sicherheit fern, dann weiß ich genau, daß hier meine Burg ist, die ich durch Kratzen und Beißen, Stampfen und Stoßen dem widerspenstigen Boden abgewonnen habe, meine Burg, die auf keine Weise jemandem andern angehören kann und die so sehr mein ist, daß ich hier letzten Endes ruhig von meinem Feind auch die tötliche [sic] Verwundung annehmen kann, denn mein Blut versickert hier in meinem Boden und geht nicht verloren. Und was anderes als dies ist denn auch der Sinn der schönen Stunden, die ich halb friedlich schlafend, halb fröhlich wachend in den Gängen zu verbringen pflege, in diesen Gängen, die ganz genau für mich berechnet sind, für wohliges Strecken, kindliches Sichwälzen, träumerisches Daliegen, seliges Entschlafen. Und die kleinen Plätze, jeder mir wohlbekannt, jeder trotz völliger Gleichheit von mir mit geschlossenen Augen schon nach dem Schwung der Wände deutlich unterschieden, sie umfangen mich friedlich und warm wie kein Nest seinen Vogel umfängt. Und alles, alles still und leer.

Wenn es aber so ist, warum zögere ich dann, warum fürchte ich den Eindringling mehr als die Möglichkeit, vielleicht niemals meinen Bau wiederzusehen. Nun,

further to the many courts and all these also quiet and empty – then security is a remote consideration for me, then I know for sure that my fortress is here, which I have won from the obstinate ground through scratching and biting, stomping and striking, my fortress, which in no way can belong to anyone else and which is so much mine, that here in the end I can also calmly accept the deadly wound from my foe, for my blood seeps here into my soil and does not get lost. And what else than this is the point of the beautiful hours that I am accustomed to spending in the tunnels, half peacefully sleeping, half merrily awake, in these tunnels that are completely accurately calculated for me, for blissful stretching, childlike rolling about, dreamy lounging, blessed passing away. And the small courts, each of them well known to me, each one despite total similarity clearly distinguished by me with eyes closed already by the sweep of the walls, they cradle me peacefully and warmly as no nest cradles its bird. And everything, everything quiet and empty.

But if this is the case, why then do I hesitate, why do I fear the intruder more than the possibility of

dieses letztere ist glücklicherweise eine Unmöglichkeit, es wäre gar nicht nötig, mir durch Überlegungen erst klar zu machen, was mir der Bau bedeutet; ich und der Bau gehören so zusammen, daß ich ruhig, ruhig bei aller meiner Angst, mich hier niederlassen könnte, gar nicht versuchen müßte mich zu überwinden, auch den Eingang entgegen allen Bedenken zu öffnen, es würde durchaus genügen, wenn ich untätig wartete, denn nichts kann uns auf die Dauer trennen und irgendwie komme ich schließlich ganz gewiß hinab. Aber freilich, wieviel Zeit kann bis dahin vergehen und wieviel kann in dieser Zeit sich ereignen, hier oben sowohl wie dort unten? Und es liegt doch nur an mir, diesen Zeitraum zu verkürzen und das Notwendige gleich zu tun.

Und nun, schon denkunfähig vor Müdigkeit, mit hängendem Kopf, unsicheren Beinen, halb schlafend, mehr tastend als gehend nähere ich mich dem Eingang, hebe langsam das Moos, steige langsam hinab, lasse aus Zerstreutheit den Eingang überflüssig lange unbedeckt, erinnere mich dann an das Versäumte, steige wieder hinauf, um es nachzuholen, aber warum denn hinaufsteigen? Nur die Moosdecke soll ich zuziehen, gut, so steige ich wieder hinunter und nun endlich

perhaps never seeing my burrow again. Well, the latter is fortunately an impossibility, it would not be necessary at all for me to clarify through reflections what the burrow means to me; I and the burrow belong together so much that I could settle here calmly, calmly even given all my anxiety, would not at all have to attempt to force myself as well to open the entrance despite all misgivings; it would totally suffice if I were to wait idly, for nothing can separate us in the long run, and most certainly I will somehow finally descend. But to be sure, how much time can pass until then and how much can take place during this time, here above as well as down below? And it only depends on me to shorten this time period and do what is necessary right away.

And now, already too tired to be able to think, with hanging head, unsteady legs, half asleep, more groping than going, I approach the entrance, slowly lift the moss, slowly climb down, leave the entrance uncovered needlessly long due to absent-mindedness, then remind myself of what I neglected, climb out in order to make up for it, but why actually climb out? I need only close the moss covering, oh well,

ziehe ich die Moosdecke zu. Nur in diesem Zustand, ausschließlich in diesem Zustand kann ich diese Sache ausführen. – Dann also liege ich unter dem Moos, oben auf der eingebrachten Beute, umflossen von Blut und Fleischsäften, und könnte den ersehnten Schlaf zu schlafen beginnen. Nichts stört mich, niemand ist mir gefolgt, über dem Moos scheint es wenigstens bis jetzt ruhig zu sein, und selbst wenn es nicht ruhig wäre, ich glaube, ich könnte mich jetzt nicht mit Beobachtungen aufhalten; ich habe den Ort gewechselt, aus der Oberwelt bin ich in meinen Bau gekommen und ich fühle die Wirkung dessen sofort. Es ist eine neue Welt, die neue Kräfte gibt, und was oben Müdigkeit ist, gilt hier nicht als solche. Ich bin von einer Reise zurückgekehrt, besinnungslos müde von den Strapazen, aber das Wiedersehen der alten Wohnung, die Einrichtungsarbeit, die mich erwartet, die Notwendigkeit, schnell alle Räume wenigstens oberflächlich zu besichtigen, vor allem aber eiligst zum Burgplatz vorzudringen, das alles verwandelt meine Müdigkeit in Unruhe und Eifer, es ist, als hätte ich während des Augenblicks, da ich den Bau betrat, einen langen und tiefen Schlaf getan. Die erste Arbeit ist sehr mühselig und nimmt mich ganz in Anspruch: die Beute nämlich durch die engen und

so I go down again and I now finally close the
moss covering. Only in this condition, solely in this
condition can I carry out this matter. – So then
I lie under the moss, on top of the gathered prey,
surrounded by a river of blood and meat juices,
and could begin to sleep the desired sleep. Nothing
disturbs me, no one has followed me, above the moss
it appears, at least up until now, to be quiet, and
even if it were not quiet, I believe I could not now
deal with observations; I have changed places, I have
come from the upper world into my burrow and I
feel its effect immediately. It is a new world that gives
new strength, and what is tiredness above does not
count here as such. I have returned from a journey,
comatose with tiredness from the exertions, but the
reunion with the old residence, the work of settling
in that awaits me, the necessity of quickly inspecting
all rooms at least superficially, but above all of getting
at top speed to the fortress square, all this transforms
my tiredness into restlessness and zeal, it's as though
I had a long and deep sleep during the moment when
I entered the burrow. The first task is very laborious
and completely engages me: namely to bring the
prey through the narrow and weakly walled tunnels

schwachwandigen Gänge des Labyrinths zu bringen.
Ich drücke vorwärts mit allen Kräften und es geht auch,
aber mir viel zu langsam; um es zu beschleunigen, reiße
ich einen Teil der Fleischmassen zurück und dränge
mich über sie hinweg, durch sie hindurch, nun habe ich
bloß einen Teil vor mir, nun ist es leichter, ihn vorwärts
zu bringen, aber ich bin derart mitten darin in der Fülle
des Fleisches hier in den engen Gängen, durch die es
mir, selbst wenn ich allein bin, nicht immer leicht wird
durchzukommen, daß ich recht gut in meinen eigenen
Vorräten ersticken könnte, manchmal kann ich mich
schon nur durch Fressen und Trinken vor ihrem Andrang
bewahren. Aber der Transport gelingt, ich beende ihn
in nicht zu langer Zeit, das Labyrinth ist überwunden,
aufatmend stehe ich in einem regelrechten Gang, treibe
die Beute durch einen Verbindungsgang in einen für
solche Fälle besonders vorgesehenen Hauptgang, der
in starkem Gefalle zum Burgplatz hinabführt. Nun ist
es keine Arbeit mehr, nun rollt und fließt das Ganze
fast von selbst hinab. Endlich auf meinem Burgplatz!
Endlich werde ich ruhen dürfen. Alles ist unverändert,
kein größeres Unglück scheint geschehen zu sein, die
kleinen Schäden, die ich auf den ersten Blick bemerke,
werden bald verbessert sein, nur noch vorher die lange

of the labyrinth. I press forward with all my strength
and it succeeds, but much too slowly for me; in order
to speed it up, I rip back a portion of the masses of
meat and push myself over and through them; now
I just have a portion of them in front of me, now it
is easier for me to bring it forward, but I am so in
the midst of the abundance of meat in the narrow
tunnels here, through which it is not always easy
for me to pass even when I am alone, that I could
easily suffocate in my own supplies, sometimes I can
only save myself from their crush by devouring and
drinking. But the transport is successful, I finish it
in not too long a time, the labyrinth is overcome,
breathing a sigh of relief I stand in a genuine tunnel,
push the prey through a connecting passage into
a main tunnel especially envisioned for such cases,
which leads down with a steep slope to the fortress
square. Now it is no longer labor, now the whole
mass rolls and flows down almost by itself. Finally
at my fortress square! Finally I will be allowed to
rest. Everything is unchanged, no major misfortune
appears to have happened, the little damage that
I discern at first glance will soon be repaired, only
first the long journey through the tunnels, but that

Wanderung durch die Gänge, aber das ist keine Mühe, das ist ein Plaudern mit Freunden, so wie ich es tat in alten Zeiten oder – ich bin noch gar nicht so alt, aber für vieles trübt sich die Erinnerung schon völlig – wie ich es tat oder wie ich hörte, daß es zu geschehen pflegt. Ich beginne jetzt mit dem zweiten Gang absichtlich langsam, nachdem ich den Burgplatz gesehen habe, habe ich endlose Zeit – immer innerhalb des Baues habe ich endlose Zeit – denn alles, was ich dort tue, ist gut und wichtig und sättigt mich gewissermaßen. Ich beginne mit dem zweiten Gang und breche die Revision in der Mitte ab und gehe zum dritten Gang über und lasse mich von ihm zum Burgplatz zurückführen und muß nun allerdings wieder den zweiten Gang von neuem vornehmen und spiele so mit der Arbeit und vermehre sie und lache vor mich hin und freue mich und werde ganz wirr von der vielen Arbeit, aber lasse nicht von ihr ab. Euretwegen, ihr Gänge und Plätze und Du vor allem, Burgplatz, bin ich ja gekommen, habe mein Leben für nichts geachtet, nachdem ich lange Zeit die Dummheit hatte, seinetwegen zu zittern und die Rückkehr zu euch zu verzögern. Was kümmert mich die Gefahr jetzt, da ich bei euch bin. Ihr gehört zu mir, ich zu euch, verbunden sind wir, was kann uns geschehen. Mag sich oben

is no effort, that is a chat with friends, the way I did
it in the old days or – I am still not so old after all,
but the recollection of much is already becoming
completely dim – how I did it or how I heard that it
usually happens. I now begin with the second tunnel
deliberately slowly, now that I have seen the fortress
square, I have endless time – inside the burrow I
always have endless time – for everything that I do
here is good and important and satisfies me, so to
speak. I begin with the second tunnel and interrupt
the revision in the middle and transition to the
third tunnel and allow it to lead me back to the
fortress square and now must undertake the second
tunnel from anew, however, and thus play with the
labor and multiply it and chuckle to myself and
am pleased and become completely confused from
all the labor but do not give it up. For your sakes,
you tunnels and courts and you above all, fortress
square, I have indeed come, have disregarded my
life, after I had the foolishness to tremble a long
time for its sake and to delay the return to you.
Why should I worry about the danger, now that
I am with you? You belong to me, I to you, we
are bound together, whatever may happen to us.

auch das Volk schon drängen und die Schnauze bereit
sein, die das Moos durchstoßen wird. Und mit seiner
Stummheit und Leere begrüßt nun auch mich der Bau
und bekräftigt, was ich sage. – Nun aber überkommt
mich doch eine gewisse Lässigkeit und auf einem
Platz, der zu meinen Lieblingen gehört, rolle ich mich
ein wenig zusammen, noch lange habe ich nicht alles
besichtigt, aber ich will ja auch noch weiter besichtigen
bis zum Ende, ich will hier nicht schlafen, nur der
Lockung gebe ich nach, mich hier so einzurichten, wie
wenn ich schlafen wollte, nachsehen will ich, ob das hier
noch immer so gut gelingt wie früher. Es gelingt, aber
mir gelingt es nicht mich loszureißen, ich bleibe hier in
tiefem Schlaf.

Ich habe wohl sehr lange geschlafen. Erst aus dem letzten
von selbst sich auflösenden Schlaf werde ich geweckt,
der Schlaf muß nun schon sehr leicht sein, denn ein an
sich kaum hörbares Zischen weckt mich. Ich verstehe es
sofort, das Kleinzeug, viel zu wenig von mir beaufsichtigt,
viel zu sehr von mir geschont, hat in meiner Abwesenheit
irgendwo einen neuen Weg gebohrt, dieser Weg ist
mit einem alten zusammengestoßen, die Luft verfängt
sich dort und das ergibt das zischende Geräusch. Was

Let the rabble above crowd in and the snout be ready that will stab through the moss. And with its silence and emptiness the burrow now greets me as well and confirms what I say. – But now a certain carelessness comes over me, after all, and I curl up a bit upon a court that belongs to my favorites, I have not visited everything by a long shot, but I do indeed want to continue inspecting to the end; I don't want to sleep here, I only give in to the temptation to set myself up here, as though I wanted to sleep, I want to check whether that still succeeds here as well as it did earlier. It succeeds, but I do not succeed in tearing myself away, I remain here in deep sleep.

I probably have slept a very long time. I am finally awakened from the last dissipating slumber, sleep must now already be very light, for it is an in itself barely audible hissing that awakens me. I understand it immediately, the puny creatures, supervised much too little by me, spared much too much by me, in my absence have bored a new path somewhere, this path has intersected with an old one, the air is getting caught there and that produces the hissing noise.

für ein unaufhörlich tätiges Volk das ist und wie lästig sein Fleiß! Ich werde genau horchend an den Wänden meines Ganges durch Versuchsgrabungen den Ort der Störung erst feststellen müssen und dann erst das Geräusch beseitigen können. Übrigens kann der neue Graben, wenn er irgendwie den Verhältnissen des Baues entspricht, als neue Luftzuführung mir auch willkommen sein. Aber auf die Kleinen will ich nun viel besser achten als bisher, keines darf geschont werden.

Da ich große Übung in solchen Untersuchungen habe, wird es wohl nicht lange dauern und ich kann gleich damit beginnen, es liegen zwar noch andere Arbeiten vor, aber diese ist die dringendste, es soll still sein in meinen Gängen. Dieses Geräusch ist übrigens ein verhältnismäßig unschuldiges; ich habe es gar nicht gehört als ich kam, trotzdem es gewiß schon vorhanden war; ich mußte erst wieder völlig heimisch werden, um es zu hören, es ist gewissermaßen nur mit dem Ohr des Hausbesitzers hörbar. Und es ist nicht einmal ständig, wie sonst solche Geräusche zu sein pflegen, es macht große Pausen, das geht offenbar auf Anstauungen des Luftstroms zurück. Ich beginne die Untersuchung, aber es gelingt mir nicht, die Stelle, wo man eingreifen müßte,

What an unceasingly active rabble this is and how annoying its hustle! Carefully listening at the walls of my tunnel, I will first have to determine the place of disturbance via trial excavations and only then can eliminate the noise. By the way, the new tunnel, if it in some way corresponds to the set-up of the burrow, can also be welcome for me as a new air conduit. But I now intend to pay much better attention to the small creatures than previously, none may be spared.

As I have great practice in such investigations, it probably will not take long and I can start immediately, there are still other jobs pending, to be sure, but this is the most urgent, it is supposed to be quiet in my tunnels. This noise is, by the way, a comparatively innocent one; I didn't hear it at all when I came, although it certainly had been present; first I needed to feel completely at home again in order to hear it, it is in a certain sense only audible with the ear of the homeowner. And it isn't even constant, as such noises otherwise usually are, it makes long pauses, which clearly goes back to build-ups of the air stream. I begin the investigation but do not succeed in finding the spot where one

zu finden, ich mache zwar einige Grabungen, aber nur
aufs Geratewohl; natürlich ergibt sich so nichts und
die große Arbeit des Grabens und die noch größere
des Zuschüttens und Ausgleichens ist vergeblich. Ich
komme gar nicht dem Ort des Geräusches näher, immer
unverändert dünn klingt es in regelmäßigen Pausen,
einmal wie Zischen, einmal aber wie Pfeifen. Nun, ich
könnte es auch vorläufig auf sich beruhen lassen, es ist
zwar sehr störend, aber an der von mir angenommenen
Herkunft des Geräusches kann kaum ein Zweifel sein,
es wird sich also kaum verstärken, im Gegenteil, es kann
auch geschehen, daß – bisher habe ich allerdings niemals
so lange gewartet – solche Geräusche im Laufe der Zeit
durch die weitere Arbeit der kleinen Bohrer von selbst
verschwinden, und abgesehen davon, oft bringt ein Zufall
leicht auf die Spur der Störung, während systematisches
Suchen lange versagen kann. So tröste ich mich und
wollte lieber weiter durch die Gänge schweifen und die
Plätze besuchen, von denen ich noch viele nicht einmal
wiedergesehen habe und dazwischen immer ein wenig
mich auf dem Burgplatz tummeln, aber es läßt mich
doch nicht, ich muß weiter suchen. Viel Zeit, viel Zeit,
die besser verwendet werden könnte, kostet mich das
kleine Volk. Bei solchen Gelegenheiten ist es gewöhnlich

would have to intervene, I make some excavations,
to be sure, but only at random; naturally nothing
comes of it this way and the great labor of digging
and the even greater one of filling up and leveling
is in vain. I don't come any nearer to the location
of the noise, it always sounds unchangeably faint in
regular intervals, sometimes like hissing, sometimes,
however, like whistling. Well, I could also give it a
rest for the moment, it is very bothersome, to be
sure, but there can scarcely be any doubt as to the
presumed source of the noise, it will therefore hardly
get stronger, on the contrary, it also can happen that
– up until now I have never waited long enough, to
be sure – such noises will disappear in the course of
time by themselves through the further work of the
little borers and, apart from that, a coincidence often
easily leads to the trail of the disturbance, whereas
systematic searching can fail for a long time. Thus I
console myself and would rather continue to wander
through the tunnels and visit the courts, many of
which I still have not even seen again, and in between
always romp a bit upon the fortress square; but it
nonetheless doesn't let me, I must search further.
Much time, much time that could be better spent, the

das technische Problem, das mich lockt, ich stelle mir
z. B. nach dem Geräusch, das mein Ohr in allen seinen
Feinheiten zu unterscheiden die Eignung hat, ganz genau
aufzeichenbar, die Veranlassung vor, und nun drängt es
mich nachzuprüfen, ob die Wirklichkeit dem entspricht.
Mit gutem Grund, denn solange hier eine Feststellung
nicht erfolgt ist, kann ich mich auch nicht sicher fühlen,
selbst wenn es sich nur darum handeln würde, zu wissen,
wohin ein Sandkorn, das eine Wand herabfällt, rollen
wird. Und gar ein solches Geräusch, das ist in dieser
Hinsicht eine gar nicht unwichtige Angelegenheit. Aber
wichtig oder unwichtig, wie sehr ich auch suche, ich
finde nichts, oder vielmehr ich finde zuviel. Gerade auf
meinem Lieblingsplatz mußte dies geschehen, denke
ich, gehe recht weit von dort weg, fast in die Mitte des
Weges zum nächsten Platz, das ganze ist eigentlich ein
Scherz, so als wollte ich beweisen, daß nicht etwa gerade
mein Lieblingsplatz allein mir diese Störung bereitet
hat, sondern daß es Störungen auch anderwärts gibt
und ich fange lächelnd an zu horchen, höre aber bald
zu lächeln auf, denn wahrhaftig, das gleiche Zischen
gibt es auch hier. Es ist ja nichts, manchmal glaube ich,
niemand außer mir würde es hören, ich höre es freilich
jetzt mit dem durch die Übung geschärften Ohr immer

small creatures are costing me. On such occasions it
usually is the technical problem that tempts me, for
example I envision according to the noise, which my
ear has the aptitude to distinguish in all its details,
the cause, recordable in exact detail, and now I am
eager to investigate whether reality corresponds
to this. With good reason, because as long as a
confirmation has not occurred, I indeed can not feel
secure, even if it would only be a matter of knowing
where a grain of sand will roll that falls down a
wall. And especially such a noise is in this regard
not at all an unimportant matter. But important or
not important, no matter how much I search, I find
nothing, or rather I find too much. Of course this
had to happen at my favorite place, I think; go quite
far away from there, almost halfway along the path to
the next court, the whole thing is actually a joke, as if
I wanted to prove that surely my favorite place alone
did not cause this disturbance for me, but that there
are also disturbances elsewhere, and I begin to listen
with a smile, but soon stop smiling, for indeed the
same hissing exists here as well. It is really nothing,
sometimes I believe that no one besides me would
hear it, admittedly I now hear it ever more clearly

deutlicher, trotzdem es in Wirklichkeit überall ganz genau das gleiche Geräusch ist, wie ich mich durch Vergleichen überzeugen kann. Es wird auch nicht stärker, wie ich erkenne, wenn ich, ohne direkt an der Wand zu horchen, mitten im Gang lausche. Dann kann ich überhaupt nur mit Anstrengung, ja mit Versenkung hie und da den Hauch eines Lautes mehr erraten als hören. Aber gerade dieses Gleichbleiben an allen Orten stört mich am meisten, denn es läßt sich mit meiner ursprünglichen Annahme nicht in Übereinstimmung bringen. Hätte ich den Grund des Geräusches richtig erraten, hätte es in größter Stärke von einem bestimmten Ort, der eben zu finden gewesen wäre, ausstrahlen und dann immer kleiner werden müssen. Wenn aber meine Erklärung nicht zutraf, was war es sonst? Es bestand noch die Möglichkeit, daß es zwei Geräuschzentren gab, daß ich bis jetzt nur weit von den Zentren gehorcht hatte und daß, wenn ich mich dem einen Zentrum näherte, zwar seine Geräusche zunahmen, aber infolge Abnehmens der Geräusche des anderen Zentrums das Gesamtergebnis für das Ohr immer ein annähernd gleiches blieb. Fast glaubte ich schon, wenn ich genau hinhorchte, Klangunterschiede, die der neuen Annahme entsprachen, wenn auch nur sehr undeutlich zu erkennen.

with an ear sharpened through practice, although in reality it is exactly the same noise everywhere, as I can assure myself through comparing. It also does not grow stronger, as I realize when I listen in the middle of the tunnel without directly eavesdropping at the wall. Then I can here and there, at any rate only with effort, indeed with scrutiny more surmise than hear the whisper of a sound. But precisely this consistency at all locations disturbs me most of all, because it cannot be reconciled with my original assumption. Had I correctly guessed the source of the noise, it would have had to radiate out in greatest volume from a specific location that indeed could have been found, and then become less and less. But if my explanation was not valid, what was it otherwise? The possibility existed furthermore that there were two noise centers, that until now I had only listened far from the centers and that, when I got closer to one center, its noises in fact increased, but as a result of a decrease of noises from the other center the cumulative result for the ear always remained approximately the same. By this time I almost believed, if I listened carefully, to recognize sound differences that corresponded to the new assumption,

Jedenfalls mußte ich das Versuchsgebiet viel weiter
ausdehnen als ich bisher getan hatte. Ich gehe deshalb
den Gang abwärts bis zum Burgplatz und beginne
dort zu horchen. – Sonderbar, das gleiche Geräusch
auch hier. Nun, es ist ein Geräusch, erzeugt durch die
Grabungen irgendwelcher nichtiger Tiere, die die Zeit
meiner Abwesenheit in infamer Weise ausgenützt
haben, jedenfalls liegt ihnen eine gegen mich gerichtete
Absicht fern, sie sind nur mit ihrem Werk beschäftigt,
und solange ihnen nicht ein Hindernis in den Weg
kommt, halten sie die einmal genommene Richtung ein,
das alles weiß ich, trotzdem ist es mir unbegreiflich und
erregt mich und verwirrt mir den für die Arbeit sehr
notwendigen Verstand, daß sie es gewagt haben, bis an
den Burgplatz heranzugehen. Ich will in der Hinsicht
nicht unterscheiden: war es die immerhin bedeutende
Tiefe, in welcher der Burgplatz liegt, war es seine
große Ausdehnung und die ihr entsprechende starke
Luftbewegung, welche die Grabenden abschreckte, oder
war einfach die Tatsache, daß es der Burgplatz war,
durch irgendwelche Nachrichten bis an ihren stumpfen
Sinn gedrungen? Grabungen hatte ich jedenfalls bisher
in den Wänden des Burgplatzes nicht beobachtet.
Tiere kamen zwar, angezogen von den kräftigen

if only very vaguely. In any case I had to extend
the testing area much wider than I had previously
done. I therefore go down the tunnel to the fortress
square and begin to listen there. – Strange, the same
noise here as well. Well, it is a noise produced by the
excavations of some kind of insignificant animals that
have exploited the time of my absence in an infamous
way, in any case an intent directed against me is far
from their minds, they are only occupied with their
handiwork and, as long as no obstacle blocks their
way, they maintain the initial course; I know all this,
nonetheless it is incomprehensible to me and upsets
me and confuses the mind I very much need for the
endeavor, that they have dared to proceed as far as
the fortress square. In that regard I do not want to
distinguish: was it the admittedly significant depth in
which the fortress square lies, was it its great expanse
and the correspondingly strong air movement that
scared off the digging creatures, or had simply the
fact that it was the fortress square penetrated to their
dull minds through some kind of information? In
any case I had not previously observed excavations in
the walls of the fortress square. Animals came here
in large numbers, to be sure, drawn by the strong

Ausdünstungen, in Mengen her, hier hatte ich meine
feste Jagd, aber sie hatten sich irgendwo oben in meine
Gänge durchgegraben und kamen dann, beklommen
zwar, aber mächtig angezogen die Gänge herabgelaufen.
Nun aber bohrten sie also auch in den Gängen. Hätte
ich doch wenigstens die wichtigsten Pläne meines
Jünglings- und frühen Mannesalters ausgeführt oder
vielmehr, hätte ich die Kraft gehabt, sie auszuführen,
denn an dem Willen hat es nicht gefehlt. Einer dieser
Lieblingspläne war es gewesen, den Burgplatz loszulösen
von der ihn umgebenden Erde, das heißt seine Wände
nur in einer etwa meiner Höhe entsprechenden Dicke
zu belassen, darüber hinaus aber rings um den Burgplatz
bis auf ein kleines, von der Erde leider nicht loslösbares
Fundament einen Hohlraum im Ausmaß der Wand zu
schaffen. In diesem Hohlraum hatte ich mir immer, und
wohl kaum mit Unrecht, den schönsten Aufenthaltsort
vorgestellt, den es für mich geben konnte. Auf dieser
Rundung hängen, hinauf sich ziehen, hinab zu gleiten,
sich überschlagen und wieder Boden unter den Füßen
haben und alle diese Spiele förmlich auf dem Körper
des Burgplatzes spielen und doch nicht in seinem
eigentlichen Raum; den Burgplatz meiden können, die
Augen ausruhen lassen können von ihm, die Freude

odors, here I did my steady hunting, but somewhere
above they had dug into my tunnels and then came
running down the tunnels, apprehensive to be sure,
but powerfully attracted. But now they apparently
were boring in the tunnels as well. If only I had at
least carried out the most important plans of my
youth and beginning manhood or rather, if I had
had the strength to carry them out, for there had
been no lack of will. One of these favorite plans
had been to separate the fortress square from the
earth surrounding it, which means, to leave its walls
only in a thickness corresponding approximately to
my height, but beyond that to create all around the
fortress square a hollow space in the width of the
wall, except for a small foundation that unfortunately
can't be detached from the ground. This empty
space I had imagined, and probably hardly without
justification, as the most beautiful abode that could
exist for me. To hang on this curve, to pull oneself
up, to glide down, to somersault and regain ground
under one's feet, and to play all these games virtually
on the body of the fortress square and yet not in its
actual space; to be able to avoid the fortress square,
to rest one's eyes from it, to delay the joy of seeing

ihn zu sehen auf eine spätere Stunde verschieben und doch ihn nicht entbehren müssen, sondern ihn förmlich fest zwischen den Krallen halten, etwas was unmöglich ist, wenn man nur den einen gewöhnlichen offenen Zugang zu ihm hat; vor allem aber ihn bewachen können, für die Entbehrung seines Anblicks also derart entschädigt werden, daß man gewiß, wenn man zwischen dem Aufenthalt im Burgplatz oder im Hohlraum zu wählen hätte, den Hohlraum wählte für alle Zeit seines Lebens, nur immer dort auf- und abzuwandern und den Burgplatz zu schützen. Dann gäbe es keine Geräusche in den Wänden, keine frechen Grabungen bis an den Platz heran, dann wäre dort der Friede gewährleistet und ich wäre sein Wächter; nicht die Grabungen des kleinen Volkes hätte ich mit Widerwillen zu behorchen, sondern mit Entzücken, etwas was mir jetzt völlig entgeht: das Rauschen der Stille auf dem Burgplatz.

Aber alles dieses Schöne besteht nun eben nicht und ich muß an meine Arbeit, fast muß ich froh sein, daß sie nun auch in direkter Beziehung zum Burgplatz steht, denn das beflügelt mich. Ich brauche freilich, wie sich immer mehr herausstellt, alle meine Kräfte zu dieser Arbeit, die zuerst eine ganz geringfügige schien. Ich horche jetzt die

it for a later hour and yet not have to do without it, but rather to virtually grasp it firmly between one's claws, something which is impossible if one has only the usual single open access to it; but above all to be able to guard it, to be therefore compensated in this way for being deprived of its view, so that if one had to choose between staying in the fortress square or in the hollow space, one certainly would choose the hollow space for the whole duration of one's life, in order to just always wander back and forth there and protect the fortress square. Then there would be no noises in the walls, no insolent excavations up to the square, then peace would be guaranteed there and I would be its keeper; I would not have to listen with aversion to the excavations of the small creatures but rather with delight to something which I now totally miss: the resounding silence in the fortress square.

But all this beauty simply does not exist and I have to get to work, I almost have to be glad that it now also has a direct connection to the fortress square, for that spurs me on. As is becoming increasingly evident, I admittedly need all my strength for this labor, which at first seemed quite insignificant. I now listen along

Wände des Burgplatzes ab und wo ich horche, hoch und tief, an den Wänden oder am Boden, an den Eingängen oder im Innern, überall, überall das gleiche Geräusch. Und wieviel Zeit, wieviel Anspannung erfordert dieses lange Horchen auf das pausenweise Geräusch. Einen kleinen Trost zur Selbsttäuschung kann man, wenn man will, darin finden, daß man hier auf dem Burgplatz, wenn man das Ohr vom Erdboden entfernt, zum Unterschied von den Gängen wegen der Größe des Platzes gar nichts hört. Nur zum Ausruhen, zum Selbstbesinnen mache ich häufig diese Versuche, horche angestrengt und bin glücklich nichts zu hören. Aber im übrigen, was ist denn geschehen? Vor dieser Erscheinung versagen meine ersten Erklärungen völlig. Aber auch andere Erklärungen, die sich mir anbieten, muß ich ablehnen. Man könnte daran denken, daß das, was ich höre, eben das Kleinzeug selbst bei seiner Arbeit ist. Das würde aber allen Erfahrungen widersprechen; was ich nie gehört habe, trotzdem es immer vorhanden war, kann ich doch nicht plötzlich zu hören anfangen. Meine Empfindlichkeit gegen Störungen ist vielleicht im Bau größer geworden mit den Jahren, aber das Gehör ist doch keineswegs schärfer geworden. Es ist eben das Wesen des Kleinzeugs, daß man es nicht hört. Hätte ich es denn

the walls of the fortress square, and wherever I listen, high or low, at the walls or on the floor, at the entrances or the interior, everywhere, everywhere the same noise. And how much time, how much strain does this extended listening for the intermittent noise entail! For purposes of self-deception one can find a slight consolation, if one wants, in the fact that here on the fortress square, in contrast to the tunnels, one hears nothing at all, because of the size of the square, if one moves one's ear away from the ground. Only in order to rest, to self-reflect do I frequently conduct these experiments, listen closely and am happy to hear nothing. But incidentally, what has happened after all? Faced with this phenomenon, my initial explanations fail completely. But I also must reject other explanations that occur to me. One could consider that what I am hearing is indeed the small creatures themselves doing their work. But that would contradict all experiences; what I have never heard, although it was always present, I can't really suddenly begin to hear. My sensitivity regarding disturbances has perhaps grown with the years in the burrow, but my hearing has in no way become sharper. It is precisely the nature of the small

sonst jemals geduldet? Auf die Gefahr hin zu verhungern
hätte ich es ausgerottet. Aber vielleicht, auch dieser
Gedanke schleicht sich mir ein, handelt es sich hier um
ein Tier, das ich noch nicht kenne. Möglich wäre es.
Zwar beobachte ich schon lange und sorgfältig genug das
Leben hier unten, aber die Welt ist mannigfaltig und an
schlimmen Überraschungen fehlt es niemals. Aber es
wäre ja nicht ein einzelnes Tier, es müßte eine große
Herde sein, die plötzlich in mein Gebiet eingefallen wäre,
eine große Herde kleiner Tiere, die zwar, da sie
überhaupt hörbar sind, über dem Kleinzeug stehen, aber
es doch nur wenig überragen, denn das Geräusch ihrer
Arbeit ist an sich nur gering. Es könnten also unbekannte
Tiere sein, eine Herde auf der Wanderschaft, die nur
vorüberziehen, die mich stören, aber deren Zug bald ein
Ende nehmen wird. So könnte ich also eigentlich warten
und müßte keine schließlich überflüssige Arbeit tun.
Aber wenn es fremde Tiere sind, warum bekomme ich
sie nicht zu sehen? Nun habe ich schon viele Grabungen
gemacht, um eines von ihnen zu fassen, aber ich finde
keines. Es fällt mir ein, daß es vielleicht ganz winzige
Tiere sind und viel kleiner als die, welche ich kenne, und
daß nur das Geräusch, welches sie machen, ein größeres
ist. Ich untersuche deshalb die ausgegrabene Erde, ich

creatures that one does not hear them. Would I otherwise really ever have put up with it? I would have exterminated them even at the risk of starving to death. But perhaps, this thought also creeps into my head, it has to do with an animal that I do not yet know. It would be possible. To be sure I have observed life down here for a long time and carefully enough, but the world is diverse and there is never a lack of nasty surprises. But it would of course not be a single animal, it would have to be a large herd that suddenly had invaded my territory, a large herd of small animals that would indeed be taller than the small creatures, as they are audible to begin with, but surpass them only barely, for the noise of their labor is in itself only minor. Therefore it could be unknown animals, a herd on migration that is only passing by, that disturb me, but whose march will soon come to an end. So I could really just wait and would not have to do any ultimately superfluous work. But if it is strange animals, why do I not get to see them? I already have indeed done many excavations in order to seize one of them, but I find none. It occurs to me that they are perhaps completely tiny animals and much smaller than those I know and that only the

werfe die Klumpen in die Höhe, daß sie in allerkleinste
Teilchen zerfallen, aber die Lärmmacher sind nicht
darunter. Ich sehe langsam ein, daß ich durch solche
kleine Zufallgrabungen nichts erreichen kann, ich
durchwühle damit nur die Wände meines Baues, scharre
hier und dort in Eile, habe keine Zeit die Löcher
zuzuschütten, an vielen Stellen sind schon Erdhaufen,
die den Weg und Ausblick verstellen. Freilich stört mich
das alles nur nebenbei, ich kann jetzt weder wandern,
noch umherschauen, noch ruhn, öfters bin ich schon für
ein Weilchen in irgendeinem Loch bei der Arbeit
eingeschlafen, die eine Pfote eingekrallt oben in der
Erde, von der ich im letzten Halbschlaf ein Stück
niederreißen wollte. Ich werde nun meine Methode
ändern. Ich werde in der Richtung zum Geräusch hin
einen regelrechten großen Graben bauen und nicht
früher zu graben aufhören, bis ich unabhängig von allen
Theorien die wirkliche Ursache des Geräusches finde.
Dann werde ich sie beseitigen, wenn es in meiner Kraft
ist, wenn aber nicht, werde ich wenigstens Gewißheit
haben. Diese Gewißheit wird mir entweder Beruhigung
oder Verzweiflung bringen, aber wie es auch sein wird,
dieses oder jenes; es wird zweifellos und berechtigt sein.
Dieser Entschluß tut mir wohl. Alles was ich bisher

noise that they make is greater. Therefore I investigate the excavated earth, I toss the clumps in the air so that they disintegrate into miniscule parts, but the noisemakers are not among them. I slowly realize that I can achieve nothing by such small random excavations, I thereby only dig through the walls of my burrow, scratch here and there in haste, have no time to cover up the holes, in many courts there are already piles of earth that block the path and the view. To be sure all this bothers me only in passing, I can now neither stroll nor look around nor rest; while working I have frequently fallen asleep for a little while in some hole, one paw clawed into the earth above from which I wanted to tear down a piece while more than half asleep. I will now change my method. I will build a proper large tunnel in the direction of the noise and not stop digging any sooner until I find, regardless of all theories, the real source of the noise. Then I will eliminate it, if it is within my power, but if not, I will at least have certainty. This certainty will bring me either reassurance or despair, but whatever it will be, this or that, it will leave no doubt and be justified. This decision does me good. Everything I have done

getan habe, kommt mir übereilt vor, in der Aufregung der Rückkehr, noch nicht frei von den Sorgen der Oberwelt, noch nicht völlig aufgenommen in den Frieden des Baues, überempfindlich dadurch gemacht, daß ich ihn solange hatte entbehren müssen, habe ich mich durch eine zugegebener Weise [sic] sonderbare Erscheinung um jede Besinnung bringen lassen. Was ist denn? Ein leichtes Zischen, in langen Pausen nur hörbar, ein Nichts, an das man sich, ich will nicht sagen, gewöhnen könnte, nein gewöhnen könnte man sich daran nicht, das man aber, ohne vorläufig geradezu etwas dagegen zu unternehmen, eine Zeitlang beobachten könnte, das heißt, alle paar Stunden gelegentlich hinhorchen und das Ergebnis geduldig registrieren, aber nicht wie ich das Ohr die Wände entlang schleifen und fast bei jedem Hörbarwerden des Geräusches die Erde aufreißen, nicht um eigentlich etwas zu finden, sondern um etwas der inneren Unruhe Entsprechendes zu tun. Das wird jetzt anders werden, hoffe ich. Und hoffe es auch wieder nicht – wie ich mit geschlossenen Augen wütend über mich selbst mir eingestehe – denn die Unruhe zittert in mir noch genau so wie seit Stunden und wenn mich der Verstand nicht zurückhielte, würde ich wahrscheinlich am liebsten an irgendeiner Stelle, gleichgültig ob dort

previously appears overly hasty; in the agitation of the return, not yet free from the cares of the upper world, not yet fully immersed in the peace of the burrow, made hypersensitive because I had been forced to do without it for so long, I have allowed myself to be completely robbed of my clear-headedness by an admittedly strange phenomenon. What is it after all? A slight hissing, only audible in long pauses, a bit of nothing which one could, I will not say, get used to, no, one could not get used to that, but which one could observe for a time without for the moment undertaking anything against it right away, that means, listening occasionally every few hours and patiently registering the result, but not, like myself, dragging the ear along the walls and ripping up the earth at almost every perception of the noise, not really in order to find something, but rather to do something corresponding to the internal restlessness. That will now become different, I hope. And yet also do not hope – as I confess to myself with eyes closed, furious at myself – for the restlessness still quivers in me exactly as it has for hours and if reason did not hold me back, I would probably prefer beginning to dig again at any spot, regardless of whether anything

etwas zu hören ist oder nicht, stumpfsinnig, trotzig, nur des Grabens wegen zu graben anfangen, schon fast ähnlich dem Kleinzeug, welches entweder ganz ohne Sinn gräbt oder nur weil es die Erde frißt. Der neue vernünftige Plan lockt mich und lockt mich nicht. Es ist nichts gegen ihn einzuwenden, ich wenigstens weiß keinen Einwand, er muß, soweit ich es verstehe, zum Ziele führen. Und trotzdem glaube ich ihm im Grunde nicht, glaube ihm so wenig, daß ich nicht einmal die möglichen Schrecken seines Ergebnisses fürchte, nicht einmal an ein schreckliches Ergebnis glaube ich, ja es scheint mir, ich hätte schon seit dem ersten Auftreten des Geräusches an ein solches konsequentes Graben gedacht, und nur weil ich kein Vertrauen dazu hatte, bisher damit nicht begonnen. Trotzdem werde ich natürlich den Graben beginnen, es bleibt mir keine andere Möglichkeit, aber ich werde nicht gleich beginnen, ich werde die Arbeit ein wenig aufschieben. Wenn der Verstand wieder zu Ehren kommen soll, soll es ganz geschehen, ich werde mich nicht in diese Arbeit stürzen. Jedenfalls werde ich vorher die Schäden gutmachen, die ich durch meine Wühlarbeit dem Bau verursacht habe; das wird nicht wenig Zeit kosten, aber es ist notwendig; wenn der neue Graben wirklich zu einem Ziele führen

is to be heard there or not, dully, defiantly, just for the
sake of digging, already almost like the riffraff, which
either digs mindlessly or only because it devours the
soil. The new reasonable plan tempts me and doesn't
tempt me. There is nothing to be said against it, I at
least know no objection, it must, as far as I
understand it, lead to the goal. And nonetheless I
basically do not believe in it, believe in it so little that
I do not even fear the possible terrors of its result, I
don't even believe in a terrible result; actually, it seems
to me that with the first occurrence of the noise I
already had thought of such a systematic digging, and
only because I had no confidence in it had not
previously begun. Nonetheless I will of course begin
the tunnel, I have no other option, but I will not
begin immediately, I will delay the work a bit. If
reason is to be honored again, it shall happen
completely, I will not rush into this work. At any rate
I will first repair the damages that I have caused in
the burrow through my digging work; that will cost
no little time, but it is necessary; if the new tunnel is
to really lead to a destination, it will probably be quite
long, and if it is to lead to no destination, it will be
endless; in any case this labor means a lengthier

sollte, wird er wahrscheinlich lang werden, und wenn er zu keinem Ziele führen sollte, wird er endlos sein, jedenfalls bedeutet diese Arbeit ein längeres Fernbleiben vom Bau, kein so schlimmes wie jenes auf der Oberwelt, ich kann die Arbeit wenn ich will unterbrechen und zu Besuch nach Hause gehen, und selbst wenn ich das nicht tue, wird die Luft des Burgplatzes zu mir hinwehn und bei der Arbeit mich umgeben, aber eine Entfernung vom Bau und die Preisgabe an ein ungewisses Schicksal bedeutet es dennoch, deshalb will ich hinter mir den Bau in guter Ordnung zurücklassen, es soll nicht heißen, daß ich, der ich um seine Ruhe kämpfe, selbst sie gestört und sie nicht gleich wiederhergestellt habe. So beginne ich denn damit, die Erde in die Löcher zurückzuscharren, eine Arbeit, die ich genau kenne, die ich unzähligemal fast ohne das Bewußtsein einer Arbeit getan habe und die ich, besonders was das letzte Pressen und Glätten betrifft – es ist gewiß kein bloßes Selbstlob, es ist einfach Wahrheit – unübertrefflich auszuführen imstande bin. Diesmal aber wird es mir schwer, ich bin zu zerstreut, immer wieder mitten in der Arbeit drücke ich das Ohr an die Wand und horche und lasse gleichgültig unter mir die kaum gehobene Erde wieder in den Gang zurückrieseln. Die letzten Verschönerungsarbeiten, die

absence from the burrow not as bad as that in the
upper world, I can interrupt the work when I want
and go home for a visit, and even if I don't do that,
the air of the fortress square will waft towards me
and surround me while working, but it nonetheless
means an absence from the burrow and surrender to
an uncertain fate, therefore I want to leave the
burrow behind in good order, let it not be said that I,
who have been fighting for its peace, myself disturbed
it and did not immediately restore it. So I thus begin
scraping the soil back into the holes, a labor which I
know precisely, which I have done countless times
almost without being conscious of it as labor and
which I – it is certainly no mere self-praise, it is
simply the truth – am capable of carrying out
unsurpassably, especially concerning the final pressing
and smoothing. But this time it becomes difficult for
me, I am too distracted, time and again in the midst
of working I press my ear to the wall and listen and
indifferently let the scarcely lifted earth below me
trickle back down into the tunnel. The final
beautification tasks, which require paying increased
attention, I can hardly manage. Ugly bulges,
annoying gashes remain, not to mention that on the

eine stärkere Aufmerksamkeit erfordern, kann ich kaum leisten. Häßliche Buckel, störende Risse bleiben, nicht zu reden davon, daß sich auch im ganzen der alte Schwung einer derart geflickten Wand nicht wieder einstellen will. Ich suche mich damit zu trösten, daß es nur eine vorläufige Arbeit ist. Wenn ich zurückkomme, der Friede wieder verschafft ist, werde ich alles endgültig verbessern, im Fluge wird sich das dann alles machen lassen. Ja im Märchen geht alles im Fluge und zu den Märchen gehört auch dieser Trost. Besser wäre es, gleich jetzt vollkommene Arbeit zu tun, viel nützlicher als sie immer wieder zu unterbrechen, sich auf Wanderschaft durch die Gänge zu begeben und neue Geräuschstellen festzustellen, was wahrhaftig sehr leicht ist, denn es erfordert nichts als an einem beliebigen Ort stehn zu bleiben und zu horchen. Und noch weitere unnütze Entdeckungen mache ich. Manchmal scheint es mir, als habe das Geräusch aufgehört, es macht ja lange Pausen, manchmal überhört man ein solches Zischen, allzu sehr klopft das eigene Blut im Ohr, dann schließen sich zwei Pausen zu einer zusammen und ein Weilchen lang glaubt man das Zischen sei für immer zu Ende. Man horcht nicht mehr weiter, man springt auf, das ganze Leben macht eine Umwälzung, es ist, als öffnete sich die Quelle,

whole the old sparkle of such a patched wall refuses to reappear. I try to console myself with the fact that it is only a temporary labor. When I come back and peace is again restored, I will improve everything for good, everything can then be done in a flash. Yes, in a fairy tale everything works in a flash and this consolation also belongs in fairy tales. It would be better to do perfect work immediately, much more useful than to always interrupt it, to go wandering through the tunnels and determine new places of noise, which is truly very easy, for it requires nothing other than to stop at any random place and to listen. And I make yet further useless discoveries. Sometimes it seems to me as though the noise had stopped, it does make long pauses, sometimes one fails to hear such a hissing, one's own blood is beating all too much in the ear, then two pauses combine into a single one and for a while one believes that the hissing has ended forever. One doesn't continue to listen any more, one jumps up, one's whole life makes a transformation, it's as though the well has opened from which the quiet of the burrow streams. One takes care not to immediately verify the discovery, one seeks someone to whom one could first confide it

aus welcher die Stille des Baues strömt. Man hütet sich, die Entdeckung gleich nachzuprüfen, man sucht jemanden, dem man sie vorher unangezweifelt anvertrauen könne, man galoppiert deshalb zum Burgplatz, man erinnert sich, da man mit allem was man ist, zu neuem Leben erwacht ist, daß man schon lange nichts gegessen hat, man reißt irgend etwas von den unter der Erde halb verschütteten Vorräten hervor und schlingt daran noch, während man zu dem Ort der unglaublichen Entdeckung zurückläuft, man will sich zuerst nur nebenbei, nur flüchtig während des Essens von der Sache nochmals überzeugen, man horcht, aber das flüchtigste Hinhorchen zeigt sofort, daß man sich schmählich geirrt hat, unerschüttert zischt es dort weit in der Ferne. Und man speit das Essen aus und möchte es in den Boden stampfen und man geht zu seiner Arbeit zurück, weiß gar nicht zu welcher, irgendwo wo es nötig zu sein scheint, und solcher Orte gibt es genug, fängt man mechanisch etwas zu tun an, so als sei nur der Aufseher gekommen und man müsse ihm eine Komödie vorspielen. Aber kaum hat man ein Weilchen derart gearbeitet, kann es geschehen, daß man eine neue Entdeckung macht. Das Geräusch scheint stärker geworden, nicht viel stärker natürlich, hier handelt es sich

without being questioned, one therefore gallops to the fortress square, one remembers, now that one has awakened to new life with one's whole being, that one has not eaten anything for a long time, one rips out something from the provisions that are half-buried under the soil and still wolfs it down while one is running back to the place of the unbelievable discovery; at first one wants to only incidentally, only fleetingly convince oneself once more of the matter while eating, one listens, but the most superficial listening immediately indicates that one has been shamefully mistaken, far in the distance it is hissing undeterred. And one spits out the food and would like to stamp it into the ground and one goes back to one's work, doesn't even know to which one, somewhere where it seems to be necessary, and there are enough such places, one begins mechanically to do something as if only the overseer had come and one needed to enact a comedy for him. But one has barely worked this way for a little while when it can happen that one makes a new discovery. The noise seems to have become stronger, not much stronger of course, here it is always a matter of only the smallest differences, but a little stronger nonetheless, clearly

immer nur um feinste Unterschiede, aber ein wenig stärker doch, deutlich dem Ohre erkennbar. Und dieses Stärkerwerden scheint ein Näherkommen, noch viel deutlicher als man das Stärkerwerden hört, sieht man förmlich den Schritt, mit dem es näher kommt. Man springt von der Wand zurück, man sucht mit einem Blick alle Möglichkeiten zu übersehen, welche diese Entdeckung zur Folge haben wird. Man hat das Gefühl, als hätte man den Bau niemals eigentlich zur Verteidigung gegen einen Angriff eingerichtet, die Absicht hatte man, aber entgegen aller Lebenserfahrung schien einem die Gefahr eines Angriffs und daher die Einrichtungen der Verteidigung fernliegend – oder nicht fernliegend (wie wäre das möglich!), aber im Rang tief unter den Einrichtungen für ein friedliches Leben, denen man deshalb im Bau überall den Vorzug gab. Vieles hätte in jener Richtung eingerichtet werden können, ohne den Grundplan zu stören, es ist in einer unverständlichen Weise versäumt worden. Ich habe viel Glück gehabt in allen diesen Jahren, das Glück hat mich verwöhnt, unruhig war ich gewesen, aber Unruhe innerhalb des Glücks führt zu nichts.

Was jetzt zunächst zu tun wäre, wäre eigentlich, den Bau

discernible with the ear. And this getting stronger appears to be a coming closer, even more clearly than one hears the stronger noise does one positively see the stride with which it comes closer. One jumps back from the wall, one seeks with one glance to survey all possibilities that this discovery will have as a consequence. One has the feeling as though one actually had never established the burrow as defense against an attack, one had the intention, but contrary to all life experience the danger of an attack and therefore the defense installations seemed to be remote – or not remote (how could this be possible!), but ranking far below the installations for a peaceful life, which one therefore gave priority everywhere in the burrow. Much could have been installed in that regard without disturbing the basic plan, it has been neglected in an incomprehensible way. I have had much luck during all these years, luck has spoiled me, I had been restless, but restlessness amidst luck leads to nothing.

What now should be done first would actually be to inspect the burrow closely regarding its defense and

genau auf die Verteidigung und auf alle bei ihr vorstellbaren Möglichkeiten hin zu besichtigen, einen Verteidigungs- und einen zugehörigen Bauplan auszuarbeiten und dann mit der Arbeit gleich, frisch wie ein Junger, zu beginnen. Das wäre die notwendige Arbeit, für die es, nebenbei gesagt, natürlich viel zu spät ist, aber die notwendige Arbeit wäre es, und keineswegs die Grabung irgendeines großen Forschungsgrabens, der eigentlich nur den Zweck hat, verteidigungslos mich mit allen meinen Kräften auf das Aufsuchen der Gefahr zu verlegen, in der närrischen Befürchtung, sie könne nicht genug bald [sic] selbst herankommen. Ich verstehe plötzlich meinen früheren Plan nicht. Ich kann in dem ehemals verständigen nicht den geringsten Verstand finden, wieder lasse ich die Arbeit und lasse auch das Horchen, ich will jetzt keine weiteren Verstärkungen entdecken, ich habe genug der Entdeckungen, ich lasse alles, ich wäre schon zufrieden, wenn ich mir den inneren Widerstreit beruhigte. Wieder lasse ich mich von meinen Gängen wegführen, komme in immer entferntere, seit meiner Rückkehr noch nicht gesehene, von meinen Scharrpfoten noch völlig unberührte, deren Stille aufwacht bei meinem Kommen und sich über mich senkt. Ich gebe mich nicht hin, ich eile hindurch, ich

all its conceivable possibilities, to develop a defense-
and a corresponding building plan, and then to begin
right away with the labor, lively like a youth. That
would be the necessary labor, for which it is,
incidentally said, naturally much too late, but it
would be the necessary labor, and in no way the
digging of some big investigative tunnel, which really
only has the purpose of redirecting me with all my
strengths towards defenselessly searching for the
danger in the foolish fear that it could not arrive soon
enough by itself. I suddenly do not understand my
earlier plan. I cannot find in the formerly sensible the
slightest sense, I again stop the labor and also stop
the listening, right now I do not want to discover any
further intensifications, I have enough of discoveries,
I stop everything, I would already be satisfied if I
could calm down my inner conflict. I once again let
myself be led away by my tunnels, come into ever
more distant ones, not yet seen since my return, still
totally untouched by my scratching paws, whose
stillness awakens at my coming and descends upon
me. I don't give in, I rush through, I don't really know
what I am seeking, probably only a time delay. I go so
far astray that I come to the labyrinth, I am tempted

weiß gar nicht, was ich suche, wahrscheinlich nur Zeitaufschub. Ich irre soweit ab, daß ich bis zum Labyrinth komme, es lockt mich an der Moosdecke zu horchen, so ferne Dinge, für den Augenblick so ferne, haben mein Interesse. Ich dringe bis hinauf vor und horche. Tiefe Stille; wie schön es hier ist, niemand kümmert sich dort um meinen Bau, jeder hat seine Geschäfte, die keine Beziehung zu mir haben, wie habe ich es angestellt, das zu erreichen. Hier an der Moosdecke ist vielleicht jetzt die einzige Stelle an meinem Bau, wo ich stundenlang vergebens horchen kann. – Eine völlige Umkehrung der Verhältnisse im Bau, der bisherige Ort der Gefahr ist ein Ort des Friedens geworden, der Burgplatz aber ist hineingerissen worden in den Lärm der Welt und ihrer Gefahren. Noch schlimmer, auch hier ist in Wirklichkeit kein Frieden, hier hat sich nichts verändert, ob still, ob lärmend, die Gefahr lauert wie früher über dem Moos, aber ich bin unempfindlich gegen sie geworden, allzusehr in Anspruch genommen bin ich von dem Zischen in meinen Wänden. Bin ich davon in Anspruch genommen? Es wird stärker, es kommt näher, ich aber schlängle mich durch das Labyrinth und lagere mich hier oben unter dem Moos, es ist ja fast, als überließe ich dem Zischer

to listen at the moss covering, such faraway things, for the moment so far away, attract my interest. I advance to the top and listen. Deep silence; how beautiful it is here, no one there cares about my burrow, everyone has concerns that have no connection to me, how did I manage to achieve this. Here at the moss covering is perhaps the only place in my burrow where I can listen in vain for hours. – A complete reversal of the conditions in the burrow, the previous place of danger has become a place of peace, but the fortress square has been dragged into the noise of the world and its dangers. Even worse, in reality here also is no peace, here nothing has changed, whether quiet or noisy, danger lurks above the moss as before, but I have become insensitive to it, the hissing in my walls has claimed all too much of my attention. Has it claimed my attention? It grows stronger, it comes closer, but I weave my way through the labyrinth and recline up here under the moss, it is almost as if I were already ceding the house to the hisser, satisfied if only I have a bit of rest up here. The hisser? Do I perhaps have a new, definite opinion about the source of the noise? The noise probably does originate from the

schon das Haus, zufrieden, wenn ich nur hier oben ein wenig Ruhe habe. Dem Zischer? Habe ich etwa eine neue bestimmte Meinung über die Ursache des Geräusches? Das Geräusch stammt doch wohl von den Rinnen, welche das Kleinzeug gräbt? Ist das nicht meine bestimmte Meinung? Von ihr scheine ich doch noch nicht abgegangen zu sein. Und wenn es nicht direkt von den Rinnen stammt, so irgendwie indirekt. Und wenn es gar nicht mit ihnen zusammenhängen sollte, dann läßt sich von vornherein wohl gar nichts annehmen und man muß warten, bis man die Ursache vielleicht findet oder sie selbst sich zeigt. Mit Annahmen spielen könnte man freilich auch noch jetzt, es ließe sich zum Beispiel sagen, daß irgendwo in der Ferne ein Wassereinbruch stattgefunden hat und das, was mir Pfeifen oder Zischen scheint, wäre dann eigentlich ein Rauschen. Aber abgesehen davon, daß ich in dieser Hinsicht gar keine Erfahrungen habe – das Grundwasser, das ich zuerst gefunden habe, habe ich gleich abgeleitet und es ist nicht wiedergekommen in diesem sandigen Boden – abgesehen davon ist es eben ein Zischen und in ein Rauschen nicht umzudeuten. Aber was helfen alle Mahnungen zur Ruhe, die Einbildungskraft will nicht stillstehen und ich halte tatsächlich dabei zu glauben – es ist zwecklos, sich das

channels that the riffraff is digging, right? Is that not my definite opinion? I don't yet appear to have deviated from it. And if it does not directly originate from the channels, then somehow indirectly. And should it not at all be connected with them, then probably nothing at all can be assumed in advance and one must wait until one possibly finds the cause or it discloses itself. To be sure one could still even now play with assumptions, for example it could be said that somewhere in the distance a water breach has taken place and what appears to me to be whistling or hissing would actually be a gurgling. But apart from the fact that I have had no experiences in this regard – the ground water that I at first found here I immediately diverted and it has not reappeared in this sandy soil – apart from that it is actually a hissing and can't be reinterpreted as a gurgling. But what help do all these exhortations for calmness provide, the imagination refuses to stand still and I really hold onto the belief – it is pointless to deny this to oneself – the hissing comes from an animal and in fact not from many and small ones, but rather from a single big one. Some things speak against this.

selbst abzuleugnen – das Zischen stamme von einem Tier und zwar nicht von vielen und kleinen, sondern von einem einzigen großen. Es spricht manches dagegen. Daß das Geräusch überall zuhören [sic] ist und immer in gleicher Stärke, und überdies regelmäßig bei Tag und Nacht. Gewiß, zuerst müßte man eher dazu neigen, viele kleine Tiere anzunehmen, da ich sie aber bei meinen Grabungen hätte finden müssen und nichts gefunden habe, bleibt nur die Annahme der Existenz des großen Tieres, zumal das, was der Annahme zu widersprechen scheint, bloß Dinge sind, welche das Tier nicht unmöglich, sondern nur über alle Vorstellbarkeit hinaus gefährlich machen. Nur deshalb habe ich mich gegen die Annahme gewehrt. Ich lasse von dieser Selbsttäuschung ab. Schon lange spiele ich mit dem Gedanken, daß es deshalb selbst auf große Entfernung hin zu hören ist, weil es rasend arbeitet, es gräbt sich so schnell durch die Erde, wie ein Spaziergänger im freien Gange geht, die Erde zittert bei seinem Graben, auch wenn es schon vorüber ist, dieses Nachzittern und das Geräusch der Arbeit selbst vereinigen sich in der großen Entfernung und ich, der ich nur das letzte Verebben des Geräusches höre, höre es überall gleich. Dabei wirkt mit, daß das Tier nicht auf mich zugeht, darum ändert sich das Geräusch

That the noise can be heard everywhere and always in the same strength, and furthermore regularly by day and night. Certainly, at first one would rather have to be inclined to assume many small animals, but since I should have found them during my excavations and didn't find anything, only the assumption of the existence of the large animal remains, especially since what appears to contradict the assumption are only things that make the animal not impossible, but only dangerous beyond all imagination. Only for this reason did I contest the assumption. I abandon this self-deception. For a long time already I have been playing with the idea that it can be heard from a great distance because it is furiously working, it digs itself as quickly through the earth as a pedestrian walks unobstructed, the earth shakes during its digging, even when it is already past, this aftershock and the noise of the labor itself unite in the great distance and I, who only hear the last ebbing of the noise, hear it as the same everywhere. It furthermore plays a role that the animal is not approaching me, therefore the noise does not change, rather there exists a plan whose purpose I do not comprehend, I only assume

nicht, es liegt vielmehr ein Plan vor, dessen Sinn ich nicht durchschaue, ich nehme nur an, daß das Tier, wobei ich gar nicht behaupten will, daß es von mir weiß, mich einkreist, wohl einige Kreise hat es schon um meinen Bau gezogen, seitdem ich es beobachte. – Viel zu denken gibt mir die Art des Geräusches, das Zischen oder Pfeifen. Wenn ich in meiner Art in der Erde kratze und scharre, ist es doch ganz anders anzuhören. Ich kann mir das Zischen nur so erklären, daß das Hauptwerkzeug des Tieres nicht seine Krallen sind, mit denen es vielleicht nur nachhilft, sondern seine Schnauze oder sein Rüssel, die allerdings abgesehen von ihrer ungeheuren Kraft wohl auch irgendwelche Schärfen haben. Wahrscheinlich bohrt es mit einem einzigen mächtigen Stoß den Rüssel in die Erde und reißt ein großes Stück heraus, während dieser Zeit höre ich nichts, das ist die Pause, dann aber zieht es wieder Luft ein zum neuen Stoß. Dieses Einziehen der Luft, das ein die Erde erschütternder Lärm sein muß, nicht nur wegen der Kraft des Tieres, sondern auch wegen seiner Eile, seines Arbeitseifers, diesen Lärm höre ich dann als leises Zischen. Gänzlich unverständlich bleibt mir allerdings seine Fähigkeit, unaufhörlich zu arbeiten; vielleicht enthalten die kleinen Pausen auch die Gelegenheit für ein winziges Ausruhen, aber zu einem

that the animal, while I do not at all want to maintain that it knows about me, is encircling me, it probably has already made several circles around my burrow since I have noticed it. – The type of noise, the hissing or whistling, gives me much to think about. When I scratch and scrape in the earth in my own way, it sounds completely different after all. The way I see it, the hissing can only be explained by the main tool of the animal not being its claws, with which it perhaps only helps things along, but rather its muzzle or snout, which however, apart from their monstrous power, probably also have some sharp edges. It probably bores the snout into the earth with a single powerful thrust and rips out a big piece; during this time I hear nothing, that is the pause, but then it inhales air for the new thrust. This inhaling of air, which must be an earthshaking noise, not only because of the strength of the animal, but also because of its haste, its zeal for working, this noise I then hear as a faint hissing. Completely incomprehensible for me remains, however, its ability to work unceasingly; perhaps the small pauses also contain the opportunity for a tiny rest, but it has seemingly not yet taken a really long

wirklichen großen Ausruhen ist es scheinbar noch nicht gekommen, Tag und Nacht gräbt es, immer in gleicher Kraft und Frische, seinen eiligst auszuführenden Plan vor Augen, den zu verwirklichen es alle Fähigkeiten besitzt. Nun, einen solchen Gegner habe ich nicht erwarten können. Aber abgesehen von seinen Eigentümlichkeiten ereignet sich jetzt doch nur etwas, was ich eigentlich immer zu befürchten gehabt hätte, etwas, wogegen ich hätte immer Vorbereitungen treffen sollen: Es kommt jemand heran! Wie kam es nur, daß so lange Zeit alles still und glücklich verlief? Wer hat die Wege der Feinde gelenkt, daß sie den großen Bogen machten um meinen Besitz? Warum wurde ich so lange beschützt, um jetzt so geschreckt zu werden? Was waren alle kleinen Gefahren, mit deren Durchdenken ich die Zeit hinbrachte gegen diese eine! Hoffte ich als Besitzer des Baues die Übermacht zu haben gegen jeden, der käme. Eben als Besitzer dieses großen empfindlichen Werkes bin ich wohlverstanden gegenüber jedem ernsteren Angriff wehrlos. Das Glück seines Besitzes hat mich verwöhnt, die Empfindlichkeit des Baues hat mich empfindlich gemacht, seine Verletzungen schmerzen mich als wären es die meinen. Eben dieses hätte ich voraussehen müssen, nicht nur an meine eigene Verteidigung denken – und

rest, it digs day and night, always with the same strength and vigor, aware of its plan to be carried out as fast as possible, which it possesses all abilities to accomplish. Well, I could not have expected such an opponent. But apart from its peculiarities something is merely happening that I really always should have feared, something against which I always should have made preparations: Someone is approaching! How on earth did it happen, that for such a long time everything ran quietly and happily? Who has directed the paths of the enemies that they gave my property a wide berth? Why was I protected for so long, in order to be so frightened now? What were all the small dangers, which I passed the time reflecting on, compared with this one! Did I hope as owner of the burrow to have predominance against everyone who would come? Precisely as owner of this large vulnerable structure I am, mind you, defenseless against any more serious attack. The happiness of its possession has spoiled me, the vulnerability of the burrow has made me vulnerable, its damages hurt me as though they were my own. Precisely this I should have foreseen, thinking not only about my own defense – and how

wie leichthin und ergebnislos habe ich selbst das getan –
sondern an die Verteidigung des Baues. Es müßte vor
allem Vorsorge dafür getroffen sein, daß einzelne Teile
des Baues und möglichst viele einzelne Teile, wenn sie
von jemandem angegriffen werden, durch
Erdverschüttungen, die in kürzester Zeit erzielbar sein
müßten, von den weniger gefährdeten Teilen getrennt
werden und zwar durch solche Erdmassen und derart
wirkungsvoll getrennt werden könnten, daß der
Angreifer gar nicht ahnte, daß dahinter erst der
eigentliche Bau ist. Noch mehr, diese Erdverschüttungen
müßten geeignet sein, nicht nur den Bau zu verbergen,
sondern auch den Angreifer zu begraben. Nicht den
kleinsten Anlauf zu etwas derartigem habe ich gemacht,
nichts, gar nichts ist in dieser Richtung geschehen,
leichtsinnig wie ein Kind bin ich gewesen, meine
Mannesjahre habe ich mit kindlichen Spielen verbracht,
selbst mit den Gedanken an die Gefahren habe ich nur
gespielt, an die wirklichen Gefahren wirklich zu denken
habe ich versäumt. Und an Mahnungen hat es nicht
gefehlt.

Etwas, was an das jetzige heranreichen würde, ist
allerdings nicht geschehen, aber doch immerhin

casually and fruitlessly have I done even that – but about the defense of the burrow. Above all, precautions should be made so that individual parts of the burrow, and as many individual parts as possible, if they are attacked by someone, can be separated from the less threatened parts by soil fillers, which must be achievable in the shortest amount of time, and in fact could be separated by such masses of soil and so effectively that the attacker would not even guess that just behind them is the actual burrow. Even more, these soil fillers should be capable of not only hiding the burrow, but also burying the attacker. I have not made the smallest attempt at something of that sort, nothing, absolutely nothing has happened in this direction, I have been reckless like a child, my manhood I have spent with childlike games, even the thoughts of the dangers I have only played with, the real dangers I have failed to really think about. And there has been no lack of warnings.

Something approaching the current situation, though, has not happened, but at least something rather similar in the initial times of the burrow.

etwas ähnliches in den Anfangszeiten des Baues. Der
Hauptunterschied war eben, daß es die Anfangszeiten
des Baues waren… Ich arbeitete damals förmlich als
kleiner Lehrling noch am ersten Gang, das Labyrinth
war erst in grobem Umriß entworfen, einen kleinen
Platz hatte ich schon ausgehöhlt, aber er war im Ausmaß
und in der Wandbehandlung ganz mißlungen, kurz
alles war derartig am Anfang, daß es überhaupt nur als
Versuch gelten konnte, als etwas, das man, wenn einmal
die Geduld reißt, ohne großes Bedauern plötzlich liegen
lassen könnte. Da geschah es, daß ich einmal in der
Arbeitspause – ich habe in meinem Leben immer zu viel
Arbeitspausen gemacht – zwischen meinen Erdhaufen
lag und plötzlich ein Geräusch in der Ferne hörte.
Jung wie ich war, wurde ich dadurch mehr neugierig
als ängstlich. Ich ließ die Arbeit und verlegte mich aufs
Horchen, immerhin horchte ich und lief nicht oben
unter das Moos, um mich dort zu strecken und nicht
horchen zu müssen. Wenigstens horchte ich. Ich konnte
recht wohl unterscheiden, daß es sich um ein Graben
handelte, ähnlich dem meinen, etwas schwächer klang
es wohl, aber wieviel davon der Entfernung zuzurechnen
war, konnte man nicht wissen. Ich war gespannt, aber
sonst kühl und ruhig. Vielleicht bin ich in einem

The main difference was just that these were the initial times of the burrow… At that time I was still working on the first tunnel, really as a mere apprentice, the labyrinth had only been conceived in a rough sketch, I had already hollowed out a small court, but it was completely unsuccessful in its dimension and in the treatment of the wall; in short, everything was so much at the initial stage that it could actually only count as an attempt, as something that one could suddenly abandon without great regret in case patience were to run out. Then it happened that one time during a break – I have always taken too many breaks in my life – I was lying among my piles of soil and suddenly heard a noise in the distance. Young as I was, I thereby became more curious than anxious. I stopped the labor and took up listening, at least I listened and didn't run up under the moss in order to stretch out there and not have to listen. At least I listened. I could rather well distinguish that it had to do with digging, similar to mine, it sounded probably somewhat weaker, but how much of that had to do with the distance one could not know. I was intrigued, but otherwise cool and calm. Perhaps I am in a foreign burrow, I thought,

fremden Bau, dachte ich, und der Besitzer gräbt sich jetzt an mich heran. Hätte sich die Richtigkeit dieser Annahme herausgestellt, wäre ich, da ich niemals eroberungssüchtig oder angriffslustig gewesen bin, weggezogen, um anderswo zu bauen. Aber freilich, ich war noch jung und hatte noch keinen Bau, ich konnte noch kühl und ruhig sein. Auch der weitere Verlauf der Sache brachte mir keine wesentliche Aufregung, nur zu deuten war er nicht leicht. Wenn der, welcher dort grub, wirklich zu mir hinstrebte, weil er mich graben gehört hatte, so war es, wenn er, wie es jetzt tatsächlich geschah, die Richtung änderte, nicht festzustellen, ob er dies tat, weil ich durch meine Arbeitspause ihm jeden Anhaltspunkt für seinen Weg nahm, oder vielmehr, weil er selbst seine Absicht änderte. Vielleicht aber hatte ich mich überhaupt getäuscht und er hatte sich niemals geradezu gegen mich gerichtet, jedenfalls verstärkte sich das Geräusch noch eine Zeitlang, so als nähere er sich, ich Junger wäre damals vielleicht gar nicht damit unzufrieden gewesen, den Graber plötzlich aus der Erde hervortreten zu sehen, es geschah aber nichts dergleichen, von einem bestimmten Punkte an begann sich das Graben abzuschwächen, es wurde leiser und leiser, so als schwenke der Graber allmählich von seiner ersten

and the owner is now digging towards me. If this assumption had turned out to be correct, I would have departed in order to build elsewhere, as I have never been addicted to conquest or been aggressive. But to be sure, I was still young and did not yet have a burrow, I could still be cool and calm. The further course of events also did not bring me any substantial agitation, it was just not easy to interpret. If the one who was digging there was truly pushing towards me because he had heard me digging, then it could not be determined when he, as it indeed then happened, changed direction whether he did this because I had taken from him any clue for his path through my taking a break, or rather because he himself changed his intention. But perhaps I had been mistaken anyhow and he had never really turned against me, at any rate the noise got stronger for a while, as though he were approaching; as a youth I would perhaps not have been at all unhappy at the time to see the digger suddenly emerge from the earth, but nothing of the sort happened, after a certain point onwards the digging began to weaken, it became fainter and fainter, as though the digger were gradually veering off from his initial direction, and suddenly he

Richtung ab und auf einmal brach er ganz ab, als habe er sich jetzt zu einer völlig entgegengesetzten Richtung entschlossen und rücke geradewegs von mir weg in die Ferne. Lange horchte ich ihm noch in die Stille nach, ehe ich wieder zu arbeiten begann. Nun diese Mahnung war deutlich genug, aber bald vergaß ich sie und auf meine Baupläne hat sie kaum einen Einfluß gehabt.

Zwischen damals und heute liegt mein Mannesalter, ist es aber nicht so, als läge gar nichts dazwischen, noch immer mache ich eine große Arbeitspause und horche an der Wand und der Graber hat neuerlich seine Absicht geändert, er hat Kehrt gemacht, er kommt zurück von seiner Reise, er glaubt, er hätte mir inzwischen genug Zeit gelassen, mich für seinen Empfang einzurichten. Aber auf meiner Seite ist alles weniger eingerichtet, als es damals war, der große Bau steht da, wehrlos, und ich bin kein kleiner Lehrling mehr, sondern ein alter Baumeister, und was ich an Kräften noch habe, versagt mir, wenn es zur Entscheidung kommt, aber wie alt ich auch bin, es scheint mir, daß ich recht gern noch älter wäre, als ich bin, so alt, daß ich mich gar nicht mehr erheben könnte von meinem Ruhelager unter dem Moos. Denn in Wirklichkeit ertrage ich es hier doch nicht, erhebe

completely stopped, as though he had decided upon a completely opposite direction and were moving directly away from me into the distance. For a long time I still listened into the silence for him before I began to work again. Well, this warning was clear enough, but soon I forgot it and it had scarcely any influence upon my construction plans.

Between then and today lies my manhood, but is it not as though nothing at all were lying in between, I still take a big break and listen at the wall and the digger has recently changed his intention, he has made an about-face, he is coming back from his journey, he believes he has left me enough time meanwhile to prepare myself for his reception. But on my end everything is less prepared than it was then, the great burrow stands there, defenseless, and I am no longer a mere apprentice, but rather an old master builder, and the strength I still have fails me if it now comes to a confrontation, but however old I am, it seems to me that I would rather become even older than I am, so old that I could no longer get up from my resting place underneath the moss. For in reality I can't stand it here after all, I get up and race

mich und jage, als hätte ich mich hier statt mit Ruhe mit neuen Sorgen erfüllt, wieder hinunter ins Haus. – Wie standen die Dinge zuletzt? Das Zischen war schwächer geworden? Nein, es war stärker geworden. Ich horche an zehn beliebigen Stellen und merke die Täuschung deutlich, das Zischen ist gleich geblieben, nichts hat sich geändert. Dort drüben gehen keine Veränderungen vor sich, dort ist man ruhig und über die Zeit erhaben, hier aber rüttelt jeder Augenblick am Horcher. Und ich gehe wieder den langen Weg zum Burgplatz zurück, alles ringsherum scheint mir erregt, scheint mich anzusehen, scheint dann auch gleich wieder wegzusehen, um mich nicht zu stören und strengt sich doch wieder an, von meinen Mienen die rettenden Entschlüsse abzulesen. Ich schüttle den Kopf, ich habe noch keine. Auch zum Burgplatz gehe ich nicht, um dort irgendeinen Plan auszuführen. Ich komme an der Stelle vorüber, wo ich den Forschungsgraben hatte anlegen wollen, ich prüfe sie nochmals, es wäre eine gute Stelle gewesen, der Graben hätte in der Richtung geführt, in welcher die meisten kleinen Luftzuführungen liegen, die mir die Arbeit sehr erleichtert hätten, vielleicht hätte ich gar nicht sehr weit graben müssen, hätte mich gar nicht herangraben müssen an den Ursprung des Geräusches,

again into the house below, as though here I had
filled myself up with new worries rather than with
calm. – What were things like at last count? Had the
hissing become weaker? No, it had become stronger.
I listen at ten random spots and clearly notice
the deception, the hissing has remained the same,
nothing has changed. Over there no changes are
happening, there one is calm and above and beyond
time, but here each moment rattles the listener. And
I again go the long way back to the fortress square,
everything all around appears agitated to me, appears
to look at me, then also appears to look away again
immediately, so as not to disturb me, and nonetheless
tries hard again to read the rescuing decisions from
my facial expressions. I shake my head, I still do not
have any. I also do not go to the fortress square in
order to carry out any plan. I pass the place where
I had wanted to install the exploratory tunnel, I
examine it once again, it would have been a good
place, the tunnel would have led in the direction in
which most of the small air supply shafts lie, which
would have made my work much easier, perhaps I
would not have had to dig very far at all, would not
at all have had to dig towards the source of the noise,

vielleicht hätte das Horchen an den Zuführungen genügt.
Aber keine Überlegung ist stark genug, um mich zu
dieser Grabungsarbeit aufzumuntern. Dieser Graben
soll mir Gewißheit bringen? Ich bin so weit, daß ich
Gewißheit gar nicht haben will. Auf dem Burgplatz
wähle ich ein schönes Stück enthäuteten roten Fleisches
aus und verkrieche mich damit in einen der Erdhaufen,
dort wird jedenfalls Stille sein, soweit es hier überhaupt
eigentliche Stille noch gibt. Ich lecke und nasche am
Fleisch, denke abwechselnd einmal an das fremde Tier,
das in der Ferne seinen Weg zieht, und dann wieder
daran, daß ich, solange ich noch die Möglichkeit habe,
ausgiebigst meine Vorräte genießen sollte. Dieses letztere
ist wahrscheinlich der einzige ausführbare Plan, den
ich habe. Im übrigen suche ich den Plan des Tieres zu
enträtseln. Ist es auf Wanderschaft oder arbeitet es an
seinem eigenen Bau? Ist es auf Wanderschaft, dann wäre
vielleicht eine Verständigung mit ihm möglich. Wenn
es wirklich bis zu mir durchbricht, gebe ich ihm einiges
von meinen Vorräten und es wird weiterziehen. Wohl,
es wird weiterziehen. In meinen Erdhaufen kann ich
natürlich von allem träumen, auch von Verständigung,
trotzdem ich genau weiß, daß es etwas derartiges nicht
gibt, und daß wir in dem Augenblick, wenn wir einander

perhaps listening at the supply shafts would have
sufficed. But no consideration is strong enough
to encourage me to do this digging work. Is this
tunnel supposed to bring me certitude? I am at
a point that I don't want certitude at all. At the
fortress square I select a beautiful piece of skinned
red meat and creep with it into one of the piles of
soil, there will be silence in any case, in so far as
there is still real silence here at all. I lick and nibble
at the meat, think alternately of the unknown
animal that is going its own way in the distance,
and then again, that I should enjoy my provisions
to the fullest, as long as I still have the chance. This
latter one is probably the only workable plan that I
have. Besides that I seek to decipher the plan of the
animal. Is it on a journey or is it working on its own
burrow? If it is on a journey, then an agreement
with it might perhaps be possible. If it truly does
break through towards me, then I give it some of
my provisions and it will move on. All right, it will
move on. In my piles of soil I can obviously dream
about everything, also about agreements, although
I know exactly that such a thing does not exist and
that the moment we see one another, yes even if

sehen, ja wenn wir einander nur in der Nähe ahnen, gleich besinnungslos, keiner früher, keiner später, mit einem neuen andern Hunger, auch wenn wir sonst völlig satt sind, Krallen und Zähne gegeneinander auftun werden. Und wie immer so auch hier mit vollem Recht, denn wer, wenn er auch auf Wanderschaft ist, würde angesichts des Baues seine Reise- und Zukunftspläne nicht ändern? Aber vielleicht gräbt das Tier in seinem eigenen Bau, dann kann ich von einer Verständigung nicht einmal träumen. Selbst wenn es ein so sonderbares Tier wäre, daß sein Bau eine Nachbarschaft vertragen würde, mein Bau verträgt sie nicht, zumindest eine hörbare Nachbarschaft verträgt er nicht. Nun scheint das Tier freilich sehr weit entfernt, wenn es sich nur noch ein wenig weiter zurückziehen würde, würde wohl auch das Geräusch verschwinden, vielleicht könnte dann noch alles gut werden wie in den alten Zeiten, es wäre dann nur eine böse, aber wohltätige Erfahrung, sie würde mich zu den verschiedensten Verbesserungen anregen; wenn ich Ruhe habe und die Gefahr nicht unmittelbar drängt, bin ich noch zu allerlei ansehnlicher Arbeit sehr wohl fähig, vielleicht verzichtet das Tier angesichts der ungeheuren Möglichkeiten, die es bei seiner Arbeitskraft zu haben scheint, auf die Ausdehnung seines Baues in der

we only sense one another in the vicinity, we will immediately unthinkingly, none earlier, none later, with a new, different kind of hunger open claws and teeth against one another, even if we otherwise are completely full. And as always so here as well with full justification, for who, even if he is on a journey, would not change his traveling and future plans in light of the burrow? But perhaps the animal is digging in his own burrow, then I cannot even dream of an agreement. Even if it were such a strange animal that its burrow would tolerate a neighborhood, my burrow does not, at least it would not tolerate an audible neighborhood. To be sure the animal now seems to be very distant, if it would only retreat a little further, the noise probably would also disappear, perhaps then everything could still turn out well as in the old days, it would then only be a bad, but beneficial experience, it would stimulate me to the most varied improvements; if I have peace and the danger does not bear down directly, I am still very well capable of all kinds of impressive work; in view of the tremendous possibilities that it seems to have, given its work capacity, perhaps the animal refrains from extending

Richtung gegen den meinen und entschädigt sich auf einer anderen Seite dafür. Auch das läßt sich natürlich nicht durch Verhandlungen erreichen, sondern nur durch den eigenen Verstand des Tieres oder durch einen Zwang, der von meiner Seite ausgeübt würde. In beider Hinsicht wird entscheidend sein, ob und was das Tier von mir weiß. Je mehr ich darüber nachdenke, desto unwahrscheinlicher scheint es mir, daß das Tier mich überhaupt gehört hat, es ist möglich, wenn auch mir unvorstellbar, daß es sonst irgendwelche Nachrichten über mich hat, aber gehört hat es mich wohl nicht. Solange ich nichts von ihm wußte, kann es mich überhaupt nicht gehört haben, denn da verhielt ich mich still, es gibt nichts Stilleres als das Wiedersehen mit dem Bau, dann, als ich die Versuchsgrabungen machte, hätte es mich wohl hören können, trotzdem meine Art zu graben sehr wenig Lärm macht; wenn es mich aber gehört hätte, hätte doch auch ich etwas davon bemerken müssen, es hätte doch wenigstens in der Arbeit öfters innehalten müssen und horchen. – Aber alles blieb unverändert. – –

its burrow in the direction of mine and compensates for this on another side. This, of course, also cannot be achieved by negotiations, but only by the animal's own intellect or by pressure exerted from my side. In both regards it will be crucial whether and what the animal knows about me. The more I think about it, the less likely it appears to me that the animal has heard me at all, it is possible, albeit unimaginable for me, that it otherwise has some information about me, but it probably has not heard me. As long as I didn't know anything about it, it cannot have heard me at all, because then I kept quiet, there is nothing more quiet than seeing the burrow again, then, when I did the exploratory digging, it could well have heard me, although my way of digging makes very little noise; but if it had heard me, I also really should have noticed something about it, certainly it would at least have had to pause its work frequently and listen. – But everything remained unchanged. – –

Afterword

by Dennis and Maria Mahoney

We did most of the translation of "Der Bau" after
the start of the COVID-19 pandemic. All of a
sudden Kafka's timeless tale seemed to be written
specifically for our own time of lockdowns, worries
about outside threats, sheltering in place, and seeking
physical protection. But the story also provided some
chuckles as the paranoia of the protagonist gets more
and more intense, and his attempts to rationalize
it become increasingly absurd. All the while, the
creature is prone to debate with himself the pros and
cons of any plan he makes.

German literature is famous for its lengthy and
convoluted sentences that are made possible because
of more precise grammatical structures (for example:
noun cases). In order to provide clarity in the English
translation, we needed to add or change punctuation
marks such as commas, semi-colons or dashes in
sentences that were sometimes almost half a page
long in the German original. Our goal in rendering

this story into English has been not only to translate every word Kafka wrote, but also to capture the spirit of the tale: the unintentional humor of the protagonist, the oppressiveness of living in a constant state of worry, and the desperate hyperactivity followed by paralyzed inactivity and depression.

Franz Kafka wrote "Der Bau", one of his final stories, during the autumn of 1923 while living in Berlin with his lover Dora Diamant. According to her, Kafka began writing this tale one evening after dinner and was finished by morning, although he did further work on it later. As the tuberculosis worsened from which he would eventually die on June 3, 1924, Kafka asked Diamant to burn many of his existing manuscripts. It is possible that this may have included a conclusion to this story in which the protagonist, an unspecified animal, encounters and succumbs to his feared adversary. We, however, prefer to think that Kafka has left it up to his readers to decide whether or not his creature is haunted by a figment of his own imagination.

For further reading: Diamant, Kathi. *Kafka's Last Love: The Mystery of Dora Diamant*. New York: Basic Books, 2003.

Bibliography of the authors' previous translations:

Eichendorff, Joseph von. *A Translation from German into English of Joseph von Eichendorff's Romantic Novel "Ahnung und Gegenwart" (1815)*. Lewiston, NY: Edwin Mellen Press, 2015. Translated by Dennis F. and Maria A. Mahoney, with an Introduction and Notes by Dennis F. Mahoney.

Klinger, Kerrin. *The Novalis Museum at Oberwiederstedt Castle*. Wiederstedt: Forschungsstätte für Frühromantik und Novalis Museum Schloss Oberwiederstedt, 2016. Translated by Dennis F. and Maria A. Mahoney.

Heine, Heinrich. "Lorelei", in *"Was soll es bedeuten": Das Lorelei-Motiv in Literatur, Sagen, Kunst, Medien und Karikaturen* by Wolfgang Mieder. Wien: Präsens, 2021, p. 241. Translated by Dennis F. and Maria A. Mahoney.

Fomite

Writing a review on social media sites for readers will help the progress of independent publishing. To submit a review, go to the book page on any of the sites and follow the links for reviews. Books from independent presses rely on reader-to-reader communications.

For more information or to order any of our books, visit:
http://www.fomitepress.com/our-books.html

More dual language titles from Fomite
Vito Bonito/Alison Grimaldi Donahue — *Soffiata Via/Blown Away*
Antonello Borra/Blossom Kirschenbaum — *Alfabestiario*
Antonello Borra/Blossom Kirschenbaum — *AlphaBetaBestiaro*
Antonello Borra/Anis Memon — *Fabbrica delle idee/The Factory of Ideas*
Tina Escaja/Mark Eisner — *Caida Libre/Free Fall*
Luigi Fontanella/Giorgio Mobili — *L'Adoescenza e la note/ Adolescence and Night*
Aristea Papalexandrou/Philip Ramp —*Μας προσπερνά/It's Overtaking Us*
Katerina Anghelaki-Rooke//Philip Ramp — *Losing Appetite for Existence*
Jeannette Clariond/Lawrence Schimel — *Desert Memory*
Mikis Theodoraksi/Gail Holst-Warhaft — *The House with the Scorpions*
Paolo Valesio/Todd Portnowitz — *La Mezzanotte di Spoleto/ Midnight in Spoleto*

Fomite

www.ingramcontent.com/pod-product-compliance
Lightning Source LLC
Chambersburg PA
CBHW031026190726
48286CB00003BA/1032